朝歌夕唱

白杨 著

Ⓒ 国文出版社

·北京·

图书在版编目（CIP）数据

朝歌夕唱 ／ 白杨著 . -- 北京：国文出版社有限责任公司，2024 . --

ISBN 978-7-5125-1653-3

Ⅰ . Ⅰ227

中国国家版本馆 CIP 数据核字第 2024YD2277 号

朝歌夕唱

作　　者	白　杨
责任编辑	侯娟雅
出版策划	唐根华
责任校对	凌　翔
装帧设计	金雪斌
出版发行	国文出版社
经　　销	全国新华书店
印　　刷	三河市中晟雅豪印务有限公司
开　　本	787 毫米 ×1092 毫米　　16 开
	12.75 印张　　100 千字
版　　次	2024 年 9 月第 1 版
	2024 年 9 月第 1 次印刷
书　　号	ISBN 978-7-5125-1653-3
定　　价	59.80 元

国文出版社

北京市朝阳区东土城路乙 9 号　　邮编：100013

总编室：（010）64270995　　传真：（010）64270995

销售热线：（010）64271187

传真：（010）64271187-800

E-mail：icpc@95777.sina.net

目 录

-1-

第二辑 行走的岁月

第三辑 感悟诗情

第四辑　苏河湾之恋

第五辑　时光碎片

第六辑　许多梦，还没做

序：唯有大爱染春色

叶延滨

友人荐来上海诗人白杨的新诗集稿《朝歌夕唱》，读来感到意外和惊喜，写下一点自己的读后感想，与喜欢白杨的读者朋友分享。

白杨算是一位大器晚成的诗人，早年喜爱文学，却因生计和工作，没有时间写作。他2015年退休后，开始在报刊发表诗歌，也在网络诗歌赛事中频频获奖，几年来出版了《白杨诗选》《涧水微澜》《时光之河》等数本诗集，被吸收为上海作家协会会员和中国诗歌学会会员。这是值得祝贺的事情，他的成功也是诗坛值得关注的现象。人生一世，何处是终点，何处又是起点?我认识不少这样的诗人，在事业成功之后，或退出职场之后，拿起诗笔，朝歌夕唱，风流倜傥，快哉幸也。实在值得为白杨击掌点赞，写下这些文字，与诗人同行。

我曾在谈论另一个退出职场后转入诗界大器晚成的诗人时，引用了苏轼的诗句"老夫聊发少年狂，左牵黄，右擎苍"，赞扬诗人童心不泯青春飞扬的气概。白杨是江南才子，虽也同样是"聊发少年狂"般的朝歌夕唱，却没有"左牵黄，右擎苍"那样的豪放张扬，而是一副江南才子模样，书生意气，尽显腹中气韵风华，虽近暮秋，依然春光一片，诗情画意一路吟咏而来："鸡鸣三遍 /一缕清

1

辉射照在窗台/ 庭院里的栀子花香 /漫漾在屋内/ 睁开半醉半醒的眼睛/ 拢了拢稀疏的头发/ 年华的水墨/ 泼洒在青春时候的憧憬 /名利早已淡忘/ 一杯清茶，两盏薄酒 /种在户牖间的诗行/ 依然悠悠"这首《种在户牖间的诗行》写出了一位淡忘名利者，重新用诗人的眼光看这世界。在清茶薄酒中发现春色依然写满户牖之美。诗人相忘于职场江湖，回归自然平淡的生活。诗为青鸟，引领不老青春，回归翠碧江南。我说诗人是江南才俊，是因为诗人白杨笔下的江南实在写得青春洋溢，春色浓郁，让人迷醉："但我记得，那时光/ 江南，雨潇潇/ 月光下的羞涩/ 不知来来回回了千百年 /我的诗行，我的目光 /饮一水月光/ 能记否——那时的青葱。"用春水般轻盈的诗句，写出这首《饮一水月光》，没有经过江南春光浸染的青春记忆，是写不出这般意境。

读白杨的诗，常叹之，幸好他写下了这些诗句，否则真可惜了他满腹的诗情才华。白杨写江南的诗，有韵趣，有才情，也有腔调。老祖宗说得好，"不学诗，无以言。"读白杨写江南的诗让我们看到了一个诗人内心的柔情和温馨，诗作《划动阳光的波涛》中有这样的意境："微澜的河水，被惊醒/ 转动着双翅，驮着阳光的影子/ 向前奔跑，为了心中最简单的美好 /咆哮着，汹涌着，/迸裂出久违的初恋 /时光的记忆，像条河/ 常常会情不自禁去跟河水亲近/ 站在河岸边，呆呆出神 /遐思飞遄，过往的年华，/曲水流觞的吟哦/ 仿佛都在河面上倒映，显像……"逝者如斯，生命也是一条河，诗人用诗写下了他在这条河里感悟到的激情和色彩。真好，他的诗歌再次证明了"诗缘情"。换言之，诗歌能将瞬间变化消失的情感定格珍藏。

写作的过程，也是重新点燃封存的激情火种，让生命变得精彩。诗作《在柳树下，写诗，等风来》就写出了快意人生的滋味："柳条宛如二八女孩 /洋溢着无邪如花的笑靥 / 春风拂面，暖暖的心/ 被融化/ 随风荡漾起银铃般的歌声/ 把春天的风情渲染成绚丽多彩/ 被压抑得很久很久的年少轻狂/ 突然迸溅出火花！"写作也是一种重新认识生活和学习的过程。读他的诗歌也让我们踏春江南，随同诗人《再入雨巷》："背影悠长悠长 /仿佛又看见你的愁怨/ 袅袅婷婷的走来 /眼前一亮，笑靥 /如桃花绽妍。"江南春好，无数诗人咏过的江南，在白杨的笔下又多了许多风采。

今天我们进入了一个信息爆炸的时代，写诗读诗几乎成为一种奢侈的行为。兴观群怨，这种诗歌传统的功能似乎在信息流量网络时代显得弱化了。然而，人非草木，特别是在衣食无忧的平和日子里，我们会面对自身灵魂，思考生命和人生的终极价值。白杨的诗歌告诉读者，诗人写作的过程，就是与自己灵魂对话的过程。读这样的诗作，我们就能进入一个诗人的内心世界："你问我/ 秋声可曾老/ 月明星稀/ 走近田野，走近大山/ 一缕清风，徐徐扑面 海的波涛，山的竹涛 /清音稀稀的虫鸣/ 一杯淡酒，两盏清茶 /何谈愁和忧，放逐名和利。"这首《夜听蟋蟀昼听蝉》让我们听到，发自一个饱经风霜世事洞明智者的内心声音。诗歌是心灵之间的桥梁，表达与倾听，传递着情感，也传递着志趣。这本诗集中，还有许多与诗人生活有关的事物描写，如写节日、写山水地理、写历史的诗篇，其中有些是表现诗人价值取向和人生观的急就章，就这类诗的技巧而言，水平差参，细细读后也能让人了解诗人心中依然热爱生活,关注足下的土地。因此生活对于诗人白杨而言,不是晚霞暮色,而是一个又一个的开始,一个接一个的早晨。他写《早晨,你好》:"捡拾起一段绿茵茵的记忆/ 江南,雨纷纷/ 站在雨里,拥抱昨日的影子/ 婆娑起舞,恍然如梦/ 独自旅行,途步去草原/ 莽莽一线,碧海云天/ 躺在绿油油的草地 /望着蓝天,白云悠然/ 忘不了,初吻是在草原/ 忘不了,为你披上红头巾/ 在江南,在烟雨中 /早晨,你好/ 黄鹂鸟,鸣叫着青春欢歌。"这就是诗歌的魅力,让生命永葆青春;这就是诗人的世界观:生命就是从一个早晨奔向另一个早晨。

喜看晚霞红,更知君行早;朝歌夕唱,莫说是老夫聊发少年狂,诗人永远是迎接早晨阳光的歌者。祝贺白杨新著问世,愿诗人诗情如涌,诗心不老。

是为序。

2024 年 4 月春于北京

叶延滨,当代诗人、作家。曾历任四川《星星诗刊》主编、中国作协《诗刊》杂志主编、中国作协诗歌委员会主任、中国作家协会第六、七、八、九届全国委员会委员及名誉委员。

迄今已出版诗集、散文随笔集、杂文集、诗论集等专著 54 部。代表作《干妈》获中国作家协会首届优秀诗歌奖(1979 年—1980 年),诗集《二重奏》获中国作家协会第三届新诗集奖(1985 年—1986 年)。其余诗歌、散文、杂文先后获青年文学奖、北京文学奖、四川文学奖、郭沫若诗歌奖等多种文学奖,作品被收入国内外 600 余种选本。

第一辑

朝歌夕唱

阳光照进梦里

一缕温暖的阳光照射进来
插上翅膀，漫天遐想
神州万里江山，看不尽红尘翻滚
故事，还没开始，就结束

我喜欢阅读，游览
中华五千年的璀璨文化
走在山脚垭
一丛丛，一簇簇绿莹莹的嫩芽
蓬勃着新生命
心，莫名地悸动，骚动着
诗的泉水

一团团白色的迷雾
笼罩、荼毒着整个天空
城市的每条街道
乡村的每条河流，田野
弥漫着死亡的气息
扼杀着生命、思维
恐怖在漫延

东方，一只小鸟，火凤凰
冲破危险、艰难，冒死前行
与恶魔、死神，殊死战斗
浴火，涅槃重生
一缕清新的阳光
又在梦中

梦中醒来，又逢雨水节气
江南，雨水潇潇，飘洒着青春的舞姿
虽不见阳光，被细雨浸润
眷恋的情愫，悄然无声
爬上来，搭上云梯
去天空，游览

月影

月光女神，冰莹，神圣
在月光的影子里
被熏陶，如同受洗礼
心，澄澈，宁静
湖水没有一丝波澜
缓缓流淌着时华
闲庭信步，浅浅微笑
品山风，啜饮清泉

缪斯女神，高贵，神秘
在诗歌的殿堂里
被熏染，如同受教
言语举止，绅士风度
优雅，秀美
歌德，普希金，鲁迅，艾青
大师的诗篇，灿如星辰

与光和风同行

雨，细细绵绵，一直下
落叶，铺满了忧伤
随风万里，寻梦
与光和风同行

晨曦穿过竹叶的缝隙
洒落在小径台阶上
林深闻鹿鸣
云淡见溪水

人在旅途。追梦路上
可悲，忘记了
出发时的年华和坐标

山谷回转，峰峦叠翠
溪桥水边，清风徐来
当年，一杯妈妈酿的酒
送行时，
妈妈的眼睛里，盛满嘱托
你的眼神中，充满希望

行走在盎然的江南水乡
碧蓝的河水，曲曲弯弯
翠绿的柳树，妖娆风情
坐在乌蓬船内，听雨品茗
寻一帘幽梦，醉卧红尘

与光和风同行

醒来已是楼台高锁
月幕低垂，银汉迢迢
世事如流水，人生如梦似幻

叹眉头鬓发，不觉年华已逝
斟绿蚁红酒，常感不胜酒力
举杯忆东南，少小嬉笑顽劣
欲语泪满襟，魂梦相逢何处

春草

葳蕤的小草
蓬勃的生命力
在田埂，山脚，溪水边，河畔
青青蔓蔓的盈笑灿灿
就像无敌少女
一丝丝轻风拂面

一缕鲜鲜的阳光
射照在泥土上
粉红色的彩蝶
忽上忽下的嬉戏
恍若隔世的桃红柳绿
铺陈着明媚的春光
何以笙箫默
三生三世蜂狂蝶舞
一路前行，诗在眼前

独倚西楼，望断天涯路

踟蹰着探寻，忍受
寂寞的煎熬，让梦的清泉
流淌在干涸的心田
无时无刻不在
思念江南的烟雨
点点滴滴，细雨蒙蒙
缠绕着青春影子

我时常把你比作小草
清澈，婉约，娇媚
生命在如约中绽放
任何恶劣之环境
都能活色生香
一抔黄土便够
在阳光下，在雨中
笑语春风

一株桃花的独白

恋上昨夜多情的雨
唇齿间留有芳泽，馨香

悸动的心
被潇潇细雨滋润
如怀春的少女
彻夜无眠，遐思遄飞

也曾——
走过悲伤失落的路
梦还在
沐浴在金色的阳光里
怦然心动的吟唱
热情似火地穿越沙漠
和你——
去追逐无尽的风流

就像现在，倚靠在你怀中
露出绚烂的笑靥
挽着春风一起散步
听河水轻轻流淌的琴音
在爱恋的彩虹中
沉醉

谁说我，傲娇，冷漠
我的心是粉红的，相思也是粉红的

你用一滴一滴的甘泉
把龟裂的荒野
改造成鸟语花香的绿洲
怎么叫我
不匍匐在你脚下
发嗲，撒娇

你用一滴一滴的温暖
俘获我寂寞的灵魂
我报之于
如焰火般的艳丽

早春的梅花

江南的早春，毛毛细雨
粘上了你
头发，脸庞
忧郁不时袭来
激昂的情愫被堵住

料峭的风，追加了惆怅
无法在烟雨蒙蒙中畅快散步

庭院内，几枝梅
开得妍丽
早春的梅花，潇洒恣意
孤傲得活色生香

天真稚嫩的笑容
在灰蒙蒙的日子里
尤为珍贵

独醒——
三千红尘慰相思
追逐梦想，挚爱生命
阡陌路上不染庸俗

风流汪洋地傲然
凌霜斗雪
耐得住寂寞
守护着本真

诗在路上
困顿的时光里
给你，给我
粲粲的嫣然一笑

江南，春早

牵着春风，携着烟雨
走进江南，走进水乡

墙角几簇小草
露出羞涩的笑靥
婀娜的身姿
摇曳在风情的江南
乡间的小河
轻歌曼舞的甜糯音符
引来了燕语莺莺

如幽如兰，美目盼兮
如歌如箫，我心荡荡
柳枝依依，迎风摇摆
烟波渺渺，流水曲舫

牵着春风，携着春阳
走进江南，走进田野

乡间的油菜花

肆无忌惮地开着
金色的琴弦
拨动着江南春早的雀跃
一缕绿莹莹的光
像一列高铁从北方奔腾而来
逶迤着青山，逶迤着绿水
久违了青春女孩
掬捧着蓝澄澄的河水
妩媚的笑靥
在江南，在水乡
醉了芙蓉，醉了粉蝶双舞

烟雨江南，醉红尘

蒙蒙细雨，扑打在脸上
一丝丝小惊喜
那一抹草丛的碧翠
那一簇花红
犹如豆蔻年华的女孩
青涩的初恋
矜持而又祈盼
醉了红尘，醉了蝶舞双飞燕

烟雨潇潇
腻腻地黏着你，黏着我
一丝丝甜蜜
仿佛回到唐诗宋词里

月将沉，含羞半敛眉
一杯薄酒，慢慢抿
桃花人面何处寻
青石板上的碎花连衣裙

毛毛细雨
沁入了眼敛，嘴唇
甘泉般的香甜
点点滴滴在心头
挥之不去，啃噬着三魂五魄
华灯初上，灿灿如昼
夜船吹笛，悠长悠远
年少时的相思
嫣然了半江水，半边月

种在户牖间的诗行

枕着桃花般的碧波
凝视着深情的目光
仰望星空
空落落的孤寂的心灵
无处存放

独自倚着栏杆
不知不觉月上中天
种在户牖间的诗行
在皎皎的月色里流淌

犹如鱼儿嬉戏
追逐梦想
何曾想相思之苦
今夜又重来
晓来风搅梦
不知身何处

鸡鸣三遍
一缕清辉射照在窗台
庭院里的栀子花香
漫漾在屋内
睁开半醉半醒的眼睛
拢了拢稀疏的头发
年华的水墨
泼洒在青春时候的憧憬
名利早已淡忘
一杯清茶，两盏薄酒
种在户牖间的诗行 依然悠悠

廊桥遗梦新说

昨夜分明梦见
风从海上来
诗友，美女踏浪寻梦
雨细细，忆潇湘

一川烟草，梅子熟了

走在熟悉而陌生的路上
怎敢忘，一颗童稚的心
笑靥如花的女神
如蝶舞双燕
探寻着青青芳草
溪水潺潺

偶尔黄鹂的鸣叫
满城风絮飞扬
淡淡的霭雾
时有时无的袭扰
三言两语说不清
留下倩影
今日的话语
点点滴滴
梦长谁人忆

饮一水月光

欲去又不忍
梦里梦外
想飞却飞不高

窗外，溢透出的馨香
如水的月华，在画卷里
如泣如诉，弦乐四重奏

无声，花落的悲鸣
无泪，也无声

但我记得，那时光
江南，雨潇潇
月光下的羞涩
不知来来回回了千百年

我的诗行，我的目光
饮一水月光
能记否——
那时的青葱

追寻鸟鸣的足迹

一

摩天的高楼，直抵云霄
站在阳台上，大团大团的白云
在手中飘来飘去
远眺，云雾中的建筑
像跳跃的音符
拉开大幕，天地间演绎着
奋斗者之歌

二

我就像一只小鸟
停在白云上，周游世界
天空不再遥远
梦里见到你的姣容
落在窗前，莹润可爱

三

听一段鸟鸣的视频
莺莺燕燕的话语
眼泪止不住
总是觉得，那时光
北方的风，停了
黄鹂鸟，感觉很温暖

四

江南，就是这般妖媚
雨就像鲜艳的衣衫
隔三差五的洗刷
焕然一新的城市
以最美的容貌
约会

相恋，风吹过

九月的风，失却了狂躁
相恋，风吹过
吹起被宠爱的娇恬
一脸的小鸟依人模样

初秋的夜空
玄幻而又诱惑
繁星点点和街上斑斓的灯光
交相辉映

仰望星空，遐想
脚踏实地，默念

在这个季节，忘却了悲伤
捡拾起天际的一抹斜阳
池塘边的蝉鸣
忽高忽低如天籁
沉浸在秋高气爽的惬意中
嘴角，不免露出丝丝的坏笑

天很高。星空邈邈
散步，丢弃一切悲哀
数着星星，找回自己，找回童年

雁书

去赴一场梦魂牵绕的约会
何惧前途，风雪弥漫，刀山火海

梦里梦外的女神
红棉树下的缱绻相思
蕴藏着春的风情，夏的呢喃
反反复复的演绎
只为那一刻的相见

雪白雪白的素绢
绣上荷花的香囊
一颗童真，定情信物
我的护身符
星空辽远，皎皎河汉女
青涩年华，儿时的新娘

飞过千山万水
风吹雨打，重重复重重
今晚，叮咚的门铃
敲打在窗前
回眸一笑百媚生
潇湘仙子，踏浪而来

江南，雨天的诗

江南，雨天的诗
多情的凄美的情愫
绵绵不断的相思
让人不忍卒读
伴随着微风吹过
无法抑止的泪花
一串串地闯入
犹如一只小鸟在窗棂
在庭院
吱吱呀呀

江南，雨天的诗
婉约的小资的情调
淅淅沥沥的恋情
让人爱不释手
奔腾的岁月
不改的初心
痴痴的闯入
漫漫的夜
犹如一只八音盒
昼夜不停
伴你入睡

秋夜独白

秋夜，有点玄秘
星空寂寥，独自冥想

相思的海，浩渺
心底的灯光，闪烁，缤纷灿烂

星星眨眨魅惑的眼神
忧郁，遮蔽了一汪湖水
旖旎的风情
挥之不去的倩影
犹如兰色精灵
在黑色的幕布下
独自一人，跳着伦巴

空白的信笺，宝蓝色的素绢
隔着万水千山，重重险阻
桌上，放着盛酒的器皿
思念酿成的酒，苦涩难咽

徘徊在梧桐树下
飘落的树叶
覆盖了夜的彷徨

在柳树下写诗，等风来

柳枝曼曼　妩媚妖娆
摇曳着儿时的梦幻
水淡云雾　缥缈着相思
在初夏的早晨
不经意漫漾
在湖畔在柳树下
写诗　等风来

柳条宛如二八女孩
洋溢着无邪如花的笑靥
春风拂面，暖暖的心
被融化
随风荡漾起银铃般的歌声
把春天的风情渲染成绚丽多彩

被压抑得很久很久的年少轻狂
突然进溅出火花
在柳树下，写诗，等风来

艳如桃花的你
像大山里邻家女孩
纯牛奶味，醇香
扑闪闪的双眸
依偎在小河边的柳树下
等待，希冀，祈盼
那一幕，至今难忘

夜思

——献给我心中最爱，诗之女神

夜，一如既往地沉默
月，不断地蚕食着我的思想
唯一剩下的是，我的思念
因为，我爱你

夜，像一位哲学家，沉思
城市的灯光，却像二八少年
荒唐地发泄荷尔蒙，在我的窗口
逛来逛去，骚扰着我的情感
唯一剩下的是，我的爱恋
因为，我心中只有你

不敢开灯，怕打扰家人的睡眠
面对漆黑的夜，胆惊心战
一寸一寸地回味
那时光的快乐

夜，不小心砸了自己的脚
不期然，东方露出熹微
我苟延着断断续续的陈旧
唯一剩下的是，我的最爱
因为，我仍然爱你

闭上眼睛
把心底的恐怖
黑夜传说，准备抹去
去迎接焕发青春的活力
因为，余生除了爱你，还是爱你

江南，雨一直下……

江南，雨一直下……
雪被封锁在北方
不肯去江南

飞雪迎春，雪娇矜
连相亲的机会，都不给江南
看来……
又是一个暖冬

腊月，夜游浦江
蒙蒙细雨铺在黄浦江面
像少女披了一层薄纱
妩媚精致，无人可复制
璀璨的霓虹灯下
浦江两岸，活色生香的演绎
海纳百川的气度

上海女人，妖冶风情
骨子里浸淫着生活法则
一袭长裙，为爱
袅袅婷婷的慢慢品茗
茶的醇香

再入雨巷

是谁，在细雨纷飞里诉衷肠
柳丝，摇曳起同情的舞姿
昨晚，又梦回雨巷
栀子花香，丁香姑娘
他乡相遇，是否
还在，哀怨彷徨

春雨潇潇，青石板的小巷
油纸伞，青竹扇
恍恍惚惚，娉婷袅娜的脚步
一双迷茫的眼
邂逅丁香般的姑娘
留下了四十年的相思

再入雨巷，背影悠长悠长
仿佛又看见你的愁怨
袅袅婷婷地走来
眼前一亮，笑靥
如桃花绽妍

雨入愁肠，绵绵长长
玉兰花，洁白无瑕
摇动思念的经幡
放下，敲几下木鱼
听一曲红尘的禅音

那一片冰月……

沐浴在银色的月光
心格外纯净
那星星点点，那一片冰月
泻在庭院，泻在阳台
凝视着海边，青山
云遮雾绕，层峦叠嶂
清澈的河水，缓缓流淌

这一刻，我在等待
等待——
一袭长长的白裙飘飘
涉江采芙蓉

闭目沉思，上海，海的女儿
黑色的病毒，
荼毒着生灵，荼毒了神经
面对疫情，面对邪恶魔鬼
不能放弃，坐以待毙

在这封闭的空间
屋内，阳台，厨房
种植绿色，种植希望
屋外，小区花园
玉兰花吐露着芬芳

四月的风，温柔
就像恋人的手
融化了困苦的时光

我知道，彼岸花
在芳菲的阳光下
灿烂的等待
相聚的时刻

秋天里的月光

秋天里，一轮清清的月光
倾洒在我的脸上
满满的泪水
无处话凄凉
独自彳亍
冷冷的翡翠夜
月中的婵娟
是否想回家

闲花落，桂子满庭院
珍珑棋，黑白如人生
相逢知何处
秋天里的月光
一帘幽梦，三世情缘
清澈如水的梦
把酒斟满
杯莫停
同醉在天涯

灼灼其芳，韶韶其华

夜阑卧听风，纵然万种风情
两地相思，为谁评说
玉兔捣药处
一片银光皎皎
双眼望穿，秋水伊人

第二辑

行走的岁月

瑕

——忆父亲

一　苦难伴随着童年和青年

有点文墨的父亲
坎坷，郁郁不得志
委屈了一辈子

清末民初的年代
千孔百疮的中华大地
到处飘扬着西方旗帜
随处听到漫骂污辱的语言
衣衫褴褛的难民
在乞讨的路上
承受着苦难和屈辱

祖上本是文化人
曾祖父已破落
祖父一肩担着老少
风餐露宿流落在上海
苏州河岸安营扎寨
战乱，疾病，饥饿
每一个中国百姓
都品尝着铁蹄下
没有尊严，没有人权
唯有辛酸的艰难
和忍辱负重日日夜夜

父母亲这一代

在看不见阳光的日子
匍匐前进，生存，长大
读了一年私塾的父亲
是祖父的希望
身量矮小的父亲
一手漂亮的宋体字
却无法挥洒

码头上讨生活
穷酸文人的情趣
走在叉路上
扛着大包，累垮了身板
压抑，不能自拔
怎抵挡生活的凄凉
一步三叹，生于乱世
武安邦，文治国
一介书生
哼几句京白
聊以自慰

二 百废待兴的成年

共和国的曙光
照耀在中华大地上

累积的苦难
沉重的负担
岂可一日除去
那时光，祖国很穷
歌声却嘹亮

入错行的父亲
布尔乔亚的浪漫
怎么会在码头工人中
风情
一九六二年响应党号召
辞职回乡务农
乡野的土地
只是梦中的初恋
可敬不可亲
就像外来务工者
家乡，土地
早就不是生存的手段

回乡复又回沪
失业复又罹患疾病
可怜的老父亲
唯有的欢乐
就是跟我的叔叔
老哥俩喝一杯苦酒
唱几句家乡的小调

生于上世纪一〇年代
卒于"文革"初期
一辈子唯唯喏喏
艰辛，郁闷，生之难
底层百姓的写照

父亲——
在那时候没有欢乐
愿在天堂
歌声常伴着你

快快乐乐
龙飞凤舞的春联
送给每家每户的乡亲父老

缅怀，赞颂

从梦中捞出
浑身湿透
双眼望着窗外
雨，滴滴答答
敲打着窗棂
到天明

母亲捧着儿子的遗像
妻子捧着丈夫的遗像
无语，泪已干，心绞痛
但自豪，血洒疆场，为国捐躯

茫茫戈壁，皑皑白雪
昆仑山，巍巍高原
涛涛涌涌，呜咽
中华民族不喜欢战争
也不惧战争
爱好和平，但和平
是共和国卫士
热血和生命换来

共和国战士
守卫着祖国每一寸河山

夜晚，万家灯火
举杯欢聚一堂
月儿分外明
我哽咽，却吃不下一口
精致的玉馔珍馐

想千里之外
年轻的战士，守卫着边境
年轻的妻儿，年迈的母亲
望眼欲穿，喃喃自语地祝福
平安归来，与家人团团圆圆
共庆元宵佳节

军魂，国魂，民族魂

一条漫长的国境线
没有一处城墙
不像美墨高高的边境墙
布满电子照明和高科技手段

共和国战士
用军魂、国魂、民族魂铸造
一条不可超越的万里长城

没有人可以逾越边境
也没任何力量可以超越
移动的万里长城

今天——
让世人看清楚
让世界明白
触动中国人底线
共和国战士
不惜生命和热血

今天——
我们讴歌共和国战士
保家卫国流血和牺牲
是几千年的精神凝结
民族之魂，军魂，国魂
任何力量，任何势力
怎能撼动
神州大好河山

年轻的战士
当你走出课堂
离开母亲的拥抱
义无反顾去守卫边境
与你同龄
还在妈妈怀里撒娇
当我们捧着你的骨灰盒
怎么能
不泪湿满襟

时代的英雄，我们最可爱的人

有了你们
鲜艳的军旗，鲜艳的五星红旗
永远高高飘扬在边境线上

闲梦话端午

一　　端午

我站在崇敬的渡口
乘一叶扁舟
虔诚地去汨罗江
捎带着江南香糯的粽子
慕拜伟大的爱国诗人
屈原

夜半时分，梦里分明看见
三闾大夫，悲愤的《天问》
泱泱古国，垂范先贤英烈
人民不会忘记
——英雄
壮怀激烈，抛头颅，洒热血
为民为国的仁人志士
八千里路云和月
岳飞塑像和跪拜的奸佞

闲梦话端午
不是单单吃一两个粽子

划划龙舟
清冽冽的祖国山河
同悲，不能忘却
那些叫嚣着的公知
西方的月亮
特别圆，也特别亮
中华民族几千年的梦想
在路上，在我们每一个人的心中
傲慢的偏见的西方精英
为昨日——
失去的耀武扬威
痛心疾首
表演着——
最后的疯狂

二 楚辞

邈邈星汉，浩瀚无垠
仰望星空，灿烂如辉
《诗经》《楚辞》
中华文化的两座丰碑
巍巍高山，叹为观止
犹如中华民族的长江、黄河
源远流长，博大精深
现实主义，浪漫主义
灿如太阳和明月，交相辉映
《楚辞》开创了一个时代
就像凤凰一般
翱翔在云空，华美绝伦
又似一座丰富的宝藏
汩汩流淌着甘泉

让中华诗词汲取营养

三　屈原

今晚，在汨罗江畔
我肩背着——
用江南雨水
酿成的米酒
祭奠你——
引领风骚的诗章
《离骚》《九歌》《九章》
逸响伟辞，卓绝一世
开创新时代
楚辞的鼻祖，浪漫主义的发端
伟大的爱国主义诗人

今晚须沉醉
醉卧在家国情怀里
与千千万万
追随你的同仁们
一齐共吟
"路漫漫其修远兮
吾将上下而求索"

又见康桥

又见康桥
我把青春的忆痕
点点滴滴洒在沿船港的河面

走进沿北村浦东老宅
仿佛置身苏州园林
吸吮着民族艺术的馨怡乳汁
白墙灰瓦的恢宏
画龙雕栋的精致
沉醉在——
明清风格的氛围
小桥流水，长廊蜿蜒，曲径通幽
徜徉其间
恍惚又闻琵琶声
殷殷切切的嗲嗲眼眸
泛着莹莹的泪花
梦里梦外——
都是你

一袭碎花连衣裙
粉红色的蝴蝶结
袅袅婷婷
在梓康河面荡漾
我追随着你的目光
一刻也没有遁逃

四月芳菲，江南烟雨蒙蒙
又见康桥，依旧桃花面

甜糯的吴浓软语
浦东老话惊起了梦里的鸳鸯
漫步在老宅的路上
在你自家的庭院
海棠花下
泡一壶菊花茶
重温那时华的感觉
欲语泪先流
逢人便说康桥好

岁月

你——
莹莹的目光
穿过云霄，犹如一缕清风
落在我的窗棂
相思——
无语话梦长

一起走过的岁月
蹚过的河水
变傻，变成年少的模样
有诗，就有童真
路不再遥远
那怕冰雪，皑皑天幕
春天永驻心间

月华流淌
谁都不知道岁月这把刀
把自己雕刻成什么样的产品
我绝对不会后悔
走过的地方
留下的青春忆梦
一半明媚，一半忧伤
站立成行，静默成诗

远去了
始于陈旧的火车站
江南水乡的小船
穿过每一孔的桥洞
和清澈见底水草
捧起旧日的时光
浑浊的双眼
兴奋的无法入眠
惟有一轮明月
在我床前
慰藉孤寂的心灵

匆匆又匆匆

一 感悟生命

清晨，被一串悦耳的铃声惊起
匆匆。又匆匆在路上

诗在远方，在路上，也在脚下
每时每刻都在流逝生命
又分分秒秒启迪着
感悟生命的智慧

一个人如果能驾驭生命
天赋，能力和职业
完美结合在一起

人人都追求完美，也会放任
在完美中，学会放弃

原谅不完美，原谅自己，原谅别人
每天挤地铁公交
车堵在路上
过往的点点滴滴
都是风景

夜晚，城市的灯光，绚烂
诱惑着你我，一颗悸动的心
一颗从未失去，童稚的心
蓝莹莹的眼眸

每每端起杯子
喝着两盏淡酒
生命的感悟，却很深刻

何必苛刻自己
对他人，对自己
人生几何

二 风，轻轻吹过

那天，阳光很温柔
同车的你——
如此美丽，如此年轻
又如此成就

回去后，捧读你的诗作
笔力中充满智慧
满眼的惊煞

风，轻轻吹过
掠过那片海，那片花海

芍药花，媚到骨子里的风韵
宛如江南的女孩
淡淡的忧伤
柔弱的嗲声嗲气
魅惑了多少的眼泪

蝴蝶兰，一朵朵，一串串
肆意烂漫的开着

风，轻轻吹过
蝴蝶轻轻扇动翅膀
沉醉在爱恋中
闲庭信步，悠然自得

看花，看草，会想起
一汪汪的河水
轻轻流淌的河水
总能给我一丝丝灵感

南湖，红船

一烟雨楼的红船

一百年前的八月
平常的时光
平常的不留痕迹
记忆不会重叠
就是这样平常的时光
历史将时刻铭记
十几位心怀天下的年轻人
在一艘貌不惊人的小船上
承担着改变中国的伟大使命
中国共产党的诞生
开天辟地的惊雷
响彻神州大地

灾难深重的旧中国

劳苦大众
承受着三座大山压迫
中国共产党
一声呐喊
犹如一道霹雳的闪电
冲破层层迷雾，划向天际

那时光——
群魔乱舞，列强肆意践踏
三千里大好河山
被割裂，被肢解，成租界
被奴役，被剥夺的百姓
泪流尽，血成河
挣扎在死亡的边缘
仁人志士，苦苦追寻着
拯救百姓，拯救中华民族
道路

这一声呐喊
震醒了尚在梦中的狮子
唯有你——
中国共产党
带领着劳苦大众
不畏强权，不畏艰辛，不畏牺牲
创造了——
惊天地泣鬼神
红船精神，长征精神，延安精神
西柏坡精神，改革开放再出发精神

二一颗童稚般的初心

这就是——

中国共产党人的初心
以天下苍生为己任
救百姓苦难
为中华民族伟大复兴
前赴后继，赴汤蹈火
不畏荆棘丛生
不怕豺狼虎豹
未有牺牲多壮志
敢教日月换新天

面对白色恐怖
面对刺刀和枪炮
共产党人毅然决然
拿起武器，拿起枪杆子
组建人民的军队

一次次暴动，一次次起义
失败，牺牲，再失败，再牺牲
不改初心，不改路线
井冈山的烽火
烧得通红
打土豪分田地
人民当家做主
把旧世界彻底埋葬

长征，人类历史永恒的奇迹
共产党人凭着一颗赤胆忠心
任何艰难险阻，雪山，草地
天寒地冻，围追堵截
演绎着红军赤胆忠心的史诗
创造一个个人类历史上神话

抗日战争，解放战争
那里有共产党
那里就欢歌笑语
面对艰难困苦的岁月
吓不倒共产党人
南泥湾精神
自己动手，丰衣足食
伟大的信仰
庄重的承诺
如同一粒粒种子
在中华大地遍地开花

三 进京赶考，新长征再出发

一百年前——
有谁会相信
共产党人的豪迈
全心全意为人民服务
有谁会信任
共产党人的诺言
牺牲自己，成就人民

没有人看好
坐天下的共产党
信守承诺
为百姓打天下
为百姓坐天下
为百姓服务
是共产党人的信仰

怎么会——
进京赶考的誓言

仍然萦绕耳际
不忘初心、牢记使命
共产党人的职责所在
担当就会失去许多
共产党人——
失去只是个人利益
得到的是——
人民的尊重，百姓敬佩
一座座历史的丰碑

共产党人
相信真理，追求真理
贫穷不是原罪
脱贫致富才是真理
强大才有发言权
就像当初
组建人民的军队
手握枪杆子
敌人才会低下傲慢的脑袋
才会坐下谈判

共产党人
没有停下追求的脚步
中华民族伟大复兴之路
何其漫漫
中国梦
必定会在共产党人
手中实现

划动阳光的波涛

夏日的阳光，总是那般执着，热烈
火一样的激昂，把理想塞满整条河流

河水就像匹老马，不紧不慢地赶路
慢条斯理地悠闲着

认命，不反抗，也不屈服
日子一天一天地过着
死水般的沉沦

突然，抬头望天空
血红血红的太阳
穿破云层，兀自的跳跃

微澜的河水，被惊醒
扇动着双翅，驮着阳光的影子
向前奔跑，为了心中最简单的美好
咆哮着，汹涌着，迸裂出久违的初恋

时光的记忆，像条河
常常会情不自禁去跟河水亲近
站在河岸边，呆呆出神
遐思飞遄，过往的年华，曲水流觞的吟哦
仿佛都在河面上倒映，显像

地铁偶遇

在晚归的地铁里，遇见一对情侣。女孩很漂亮，男孩很斯文。两人都文身。女孩手臂文一朵鲜艳的牡丹花。男孩手臂文一只老鹰。

脚踏一片残叶
口诵一声佛号

滴血的花朵，在凝雪的肌肤中，怒放
苍鹰从千米高空，俯冲
利爪，在温柔的微笑中，撕裂着食物

晚归的地铁，拥挤的车厢
画面，反差到惊讶
灯光，聚交在一点

玉笛横陈，悠扬的曲子
彳亍于城市的地底下
情思淼淼，妖艳而琇莹
五光十色地诱惑着芸芸众生

我坐在椅子上，闭上眼睛
默想，在诗经里寻章摘句

抵达

夏天的雨，捉摸不透
忽而暴躁，忽而温柔
重温——
那夜，暴雨如注的亲吻

雨后，清脆悦耳的鸟鸣
冲破厚厚的云层

思念破茧成蝶
翩翩于花丛
匍匐在软香温玉的诱惑

彼岸的眼眸
深潭似的含情脉脉

人山人海的站点
鲜花，掌声，艳如妖姬的笑容
八千里之外
灯下，咸涩的泪水
打湿了纸巾

敬贺教师节

老师，辛勤的园丁，呕心沥血
把爱和知识，化作一缕春风
伴随着我——
慢慢成长，您却慢慢变老

老师，辛勤的蜜蜂，采百花
酿甜甜的善良，解惑授业
用浓浓的母爱
滋润着我们心田
在阳光雨露中
迈开大步
走在祖国秀丽的山川
一路歌声，一路飞扬着青春

老师，满天星斗，闪烁
乡村的小屋，早就不用油灯
书架上，珍藏着你——
批改的作业
往事如昨，如今我也在为孙儿
批改作业，心相通，意相随

秋风，没有了夏季火爆的脾气
温馨的笑容和抑扬顿挫的诵读
我好像也有你当年的风范

老师，还好吗？
此时此刻，我想吟诗一首
在你面前，再当回学生

百年风华

—— 记上海闸北电厂

一

白羊草嫣然的笑容
在雨中缤纷灿烂

站在上海闸北电厂门前
颌首庄容，娓娓诉说
百年风云，激荡，动人心魄

百年前，民族工业
如长江岸边的无名小草
列强，官僚豪绅，地痞流氓
压榨，欺凌，豪夺
弱弱，被人无视
面对魔鬼的微笑
顽强，暴风雨中傲然
终长成一棵大树
为百姓，为上海，遮风挡雨
夹缝中的竹桃花
雨后，粲然如霞云

天下地下，轰炸，破坏
魑魅魍魉的美人陷阱
无法撼动新中国的政权
民心，民生，油然的自豪

二

水，电，煤，现代文明的标配
人类生存之根本

衣，食，住，行，上海，中国
近三百年的历史，屈辱的一幕幕
至今仍激励着国人，砥砺前行

碳排放，大气污染，雾霾
大自然，地球，沉重的负荷

东方大国，率先垂范
我们庄严承诺
二氧化碳排放峰值，碳中和
目标，数据，一一昭告天下

上海，世界大都市
一颗璀璨的明珠，光耀世界
上海电力公司，勇立潮头
为自己，为人类，为大自然
探索，转型，攻关，发展新能源
"双碳"达标，服务长三角，服务上海
提前实现（2025）碳达峰目标赋能
美丽东方之珠，美丽中国
闪耀东方，闪耀世界

礼赞，青春

—— 致敬石洪老师 暨普陀区作协星火朗诵队成立

岁月的风霜浸染了额头，眼角
没有哀怨，忧心忡忡
依然昂扬着激情
沉醉在——
美妙绝伦的朗诵
抑扬顿挫的天籁中
完美诠释着青春

此时此刻
心，跳跃着，奔腾着纯洁的虔诚
血，鲜红鲜红，火一样的热情
燃烧着梦想，飞扬着青春之歌

青春，如一团烈火，燃烧
燃烧着憧憬，冲动和无数星星
睡梦中的呓语，花团锦簇的舞会

青春，如地下的岩浆，喷薄而出
裹挟着幻想和心仪的女孩
黄河边，芦花笛笛
随风飘洒着浪漫和轻狂

青春就如同
你我一样，眼眸中漫溢
热情似火的语言，脉脉的相思

一杯酒，万般情怀，写满了天真，童趣
皱纹的脸上，露出无邪的笑容
不怕老去，就怕失去童真

岁月可以无情，我们怎么能无情？
一杯酒，一声轻轻的呼唤
恍然如梦，如昨，如岸边的柳树
摇曳着江南女神的款款深情

讴歌，白衣天使

—— 致敬曹禹老师暨《萤萤微光》话剧演出成功

用良知，用知识，守护
生命在奔腾的年代，怒放

黑夜，疯狂的鬼神
凶恶的新冠病毒
张开血盆大口
撕咬着，吞噬着鲜活的生命

前途凶险，白衣天使
不惧魔鬼的磔磔怪笑
不怕死神的威胁
毅然决然，逆向而行
践行了当初的誓言

父母在，不远游
何况双亲年老体弱且多病
党的召唤，人民的呼唤
舍小家，为大家
彰显了白衣天使的崇圣高洁
伟大的人格
伟大的民族，伟大的祖国
培育了伟大的优秀儿女

我，为你而歌咏
噙着满眼的泪水
为你击节赞叹
我们的英雄，时代的英雄

萤火之光，微小，莹莹
顽强，坚守信念
没有灿烂如昼的光焰
燃烧自己，光照田野，烛照人间
光虽微微，歌虽轻轻
其行，其为，其品格
撼天动地，天地为之吟唱
我为之而动容，为之而讴歌

党旗，在猎猎的风中，飘扬
圣洁，在朔朔的征途，闪亮
热血，在危难的时刻，奔腾
爱心，在困苦的岁月，凸显

石库门的怀旧

——读陈明坚《石库门逸事》有感

风吹来，微微
留下一地伤痕

梧桐树叶，飘落起黑色的幽默
回望，年少时光的荒诞
和风流韵事

老屋，白墙青瓦，深邃的眼神
冷冷看着来来往往的行人

蝉，在秋阳中
抬着高傲的头
高谈阔论的演讲
嘴角的盈笑
睥睨，骨子里透着冷漠

外滩的钟声
俯瞰着黄浦江的演变

石库门，大上海的缩影
天南地北的口音
演绎着百姓的活报剧

秋尽了，流浪去
漫不经心，四处奔波
看白雪皑皑，红装素裹

那时光，大江南北都有
石库门的语言和挥洒的荷尔蒙
归来时，拥挤的前，后厢房
逼仄的空间，一片瓦砾
不见了青春的影子

启航，命运之舟
悲欢离合，重重复重重
平民百姓的逸闻趣事
笑看白云悠悠，蓝天依旧
远方，璀璨的礼花，燃放

石塘映像

浙江，温岭，石塘
东，西，南三面环海
闻名遐迩的袖珍小镇

第一缕曙光跃出东海
敲打的更鼓，在街头巷尾
催促赶海人
用双手搏击风浪，搏击艰辛
浩渺无垠的大海
培育着小镇
乐观宽广的性格
感怀大海的馈赠

当第一缕阳光在海面上跳跃
小镇洋溢着雀跃
在颠簸的航行中
收获喜悦，收获爱情
渔民，大海之子，与阳光，风雨同行，

海水，天空，蔚蓝，蓝的让人心醉
淳厚的渔家女，心系大海，心系赶海人

午后的阳光，洒满庭院
餐桌上，满满一桌子的海鲜
鲜嫩，肥美的鱼，虾，蟹和壳类
喝着小镇自家酿的酒
小镇充盈着快乐

淮安漫步

古淮河之南，名曰，淮南
江淮平原，黄淮平原交汇衔接
苏北腹地，壮丽东南第一名州
京杭大运河贯穿全境
洪泽湖像一颗蓝宝石镶嵌其中
似明珠熠熠生辉，闻名遐迩

悠悠千年，水上漂浮的城市
江淮流域文化发源地之一

"青莲岗"文化追溯至新石器时代
运河沿线的"四大都市"名扬
关内关外，漕运之宠儿
慕名而来，万商云集

秀丽的山水，尤为湖光旖旎
美得不可胜收
淮城三大湖，似绝代美人
楚楚动人，摄人心魄
萧湖，月湖，勺湖
如美人弯弯的眉毛
细细的，秀珍般闪烁着光焰
萧湖的莲，月湖的柳，勺湖的塔影
宛如美人的双眸
深潭般的靓丽碧澈

在夏日的傍晚
夕阳缓缓西去，血红色的激情
在湖面上波漾，沉醉在迷人的湖水中
不知归路，畅游，不觉月上柳梢头

白马湖，淮安的母亲河
古称马濑湖，形似桀骜不驯的白马
夫差开邗沟，长江与淮河相连
春水满湖芦苇青，一点渔灯落远汀
湖水白白，远眺，星星点点
邈邈的湖影，摇曳，婆娑起舞
心，会格外的安宁

秋天，红色星火……

秋色宜人，徜徉在红色记忆里
澎湃着对老一辈共产党人的崇敬

百年前的风云，仍激荡着中华大地
上海，一条幽静的小巷
21位胸怀天下的年轻人
点燃了红色星火
在黑暗的神州
展示着革命的曙光

苏州河畔，工人讲习所
漫延着共产党人的情愫
三次工人大罢工
掀开了工人阶级的序幕

南昌起义的第一声枪响
划破了白色恐怖的沉闷
秋收起义，点燃了武装斗争的星火
开创了农村包围城市的革命之路
广州起义，百色起义，洪湖赤卫队
井冈山的斗争，指明了中国革命的方向

秋声呜咽，万里长征，是播种机，是火种
前路漫漫，杀开血路，四渡赤水
飞夺泸定桥，爬雪山，过草地
惊天地泣鬼神的英雄而彪炳史册

秋天，红色的星火
共产党人不畏艰险，赴汤蹈火

人民，为天下劳苦大众
牺牲，踏着同志的鲜血，前赴后继

抗战，共产党的红色旗帜
在太行山，在江南，在三千里江山
朔雪寒风，猎猎飘扬
坚定了国人抗日的信念

伟人在天安门城楼的洪亮声音
中华人民共和国成立了
人民，劳苦大众，国家的主人
从此站起来的中国人民
震古烁今，屹立在世界的东方

改革开放，新长征路上
一步一个脚印，一步步走来
艰苦卓绝，初心不变
以人民为中心，为根本
抗击疫情，精准防控
让拾四亿中国人看清
美国，西方人权的丑恶嘴脸
围追堵截，恶意中伤，抹黑打击
阻挡不了腾飞，崛起的速度
中华民族伟大复兴
脱贫攻坚，共同富裕
筑牢中国梦的基石
梦在我们自己的手中
坚定不移的步伐
制度自信，文化自信

秋天，萦萦梦怀，红色星火
在星空下，熠熠生辉

辰山植物园

樱花

血色的花海，灿烂如霞
花开妍妍　浪漫　恣意
把最美的心弦献给爱情
抚一曲催人泪下的乐章
今生今世只爱你
美貌的痴情　翘盼着你的双眼
阳光下　静静的妖冶着风情万种
等待　相遇的那一刻
燃烧着青春　　不负韶华

落花纷纷　满地的相思为谁歌
令人窒息的悲壮　簌簌而鸣
为爱痴狂　生可恋　死无憾
记得经年的初春
一缕温柔的阳光　洒在脸上
你我　邂逅在樱花树下
心仪已久的话儿
汩汩流淌
二八年华的笑颜
俏皮　银铃声　在春风里荡漾

徜徉在幽径小路上
不可芳收的娇媚　　绚烂
萦怀于心的情愫
浮想翩翩

66

如椽之笔

——贺唐根华大作出版

如椽巨笔，秉实
记录着火红的时代
写就着上海，浦东沃土
那一幕幕壮丽的史篇

你——
不负使命，不负韶华
用手中的笔
写就着——
企业一篇篇华章
企业家奋发，艰难创业
不屈情怀

我知道，你
不喜欢风花雪月的浪漫
也没有布尔乔亚的扭捏
用奔放，真诚，信念
去记录，去描摹
为时代，为英雄立传

我知道，你
一介书生，清贫如斯
阻绝了官权、富贵纨绔和傲慢
生于斯，笔写春秋
传记，人，事，脱离不了年代
讴歌伟大的祖国，伟大的时代

萤萤之光，照亮着心中的希望
秉烛夜书，剖开着心底的挚爱
化着一股股清泉
涤荡着尘世间的污浊
裁剪着一件件五彩嫁衣
树新人，树新风，树无名英雄

不负卿意，不负时代，
用激情四射的文字
用浪漫满屋的篇章
写人生，写青春

北外滩掠影

海鸥一个漂亮斜飞，吻了吻北外滩脸颊
掠过蓝色的大楼，情不自禁地问候

秋高，阳光依然威烈
我闻到了四季如春的椰子香风

东外滩，像耀眼女神，熠熠生辉
北外滩，似邻家女孩，温婉可人

听不见，熟悉而又久远的叫卖声
也没有人头攒动的拥挤
闪光灯下的留影
幽静的沉思，空灵的情愫

需慢慢品味

斑斓的蝴蝶，在七彩的花丛中穿梭
人在绿树成荫之间，嗅嗅浦江吹来的风
跌跌撞撞的记忆，扑面而来
倒影在水面上的高楼，绚烂无比

走进——
白玉兰广场，来福士广场……
徜徉其间，旦暮闻何物
睿智大气，碧玉翠绿环绕左右
仿佛置身缤纷多彩的宫殿
静静地品茗着五湖四海的美食
岁月如歌，心间流淌的美好时光
荏苒着那一抹淡淡的微笑

南阳湖之行

南阳湖，微山湖，独山湖，昭阳湖
微山湖上四朵金花
溢光流彩，璀璨了千年
八十多个岛屿，构成隔水相望
独特的北方水乡景观

在湖中穿行，荡漾
涤荡着红尘俗世烦恼

京杭大运河，鲁南明珠
万顷碧波，春风微微吹过
激滟层叠，美妙妍丽

古时，漕运中明星古镇
依水而建的古镇
万商云集，酒肆商铺林立
南阳，夏镇，镇江，扬州
运河河畔四大名镇

睁开春之眼，柳芽随风飘逸
红红的花之蓓蕾，露出稚嫩的笑靥
沿着古运河边，徐徐而行
遐思，品味着北方的温馨和细腻
恍惚中，就如到了江南
山色有无中，郡邑浮前浦

坐在乾隆皇帝下榻处
沉浸在书香墨宝
深深的震惊，感染
中华五千年文化的伟大和浩瀚

沿河折柳，长亭送别
暮霭慢慢爬上来
湖水泛着依依情愫
芦花笛笛天接水

夕阳缓缓，那血色的激情
在汽笛声中远去

惠南抒怀

一 古城墙

惠南，古称南汇嘴
南汇古城，建于明朝
倭寇肆虐，侵犯东南沿海
防外敌侵略，高筑墙

古城长、宽各一千米，周长四千米，高七点三米
设东，南，西，北四门
名"观海"，"迎勋"，"听潮"，"拱极"
有角楼，敌台，箭楼，雉楼
城外围有护城河，水关两座
东曰"静海关"，西曰"通济关"

古城墙，璀璨夺目
中华民族抵御敌寇
创造了五千年灿烂的文化
睹物思人，抚今思古
遥想万里长城，为防御外敌
烽火狼烟，震古烁今，人类七大奇迹

近代中国，西方列强，日寇入侵，
铁蹄踏碎山河，血流成河
仁人志士，前赴后继，抛头颅，洒热血
保家卫国，中华民族伟大复兴，可歌可泣

抚摸着古城墙的断垣残壁
思绪万千，不能自禁

历史的尘烟，滚滚而去
雨潇潇，雾蒙蒙，水渺渺
英烈的话语，犹有在耳
伫立在东海，深情的凝望，不敢忘
爱国情怀和殷殷的希冀
根是中华根，魂是民族魂

春暖花开之际，漫步在
观海，迎勋，听潮，拱极路上
随手捧一朵玉兰花，间或杏花
祭拜祖先，祭拜无数英烈

我看到了孩儿们的灿烂的笑容
情侣们的激情和呢喃
广场舞如火如荼地弥漫着

二　护城河

古城，护城河，佑护着一方百姓
抵御外敌，宽二十米，水深四米

古时，水陆交通，往来贸易
走水路，建码头，带动各行各业
酒肆，客栈，商铺，浓浓的人情世故
青石板上弥漫着浪漫的爱情故事

徜徉在清冽冽护城河畔
柳枝妩媚的舞姿
不忍折柳，依依惜别的泪水
在月光下，凝望

历经战火洗礼的古城河
越发清秀可爱，宛如邻家女孩
矜持，又不失优雅

春风十里不如你
我挽着你的手
一同沉浸在悠悠的五千年的璀璨中
发思古之幽情，博我以皇道

坐在河畔的长椅上，遐思
乘一叶兰舟，泛水河上
暮霭慢慢爬上来
黯黯的天际，缕缕青烟
一豆灯火，一双眼睛
阑珊处，独倚栏杆，听风吟

古城的母亲河，纤纤玉手
滋润着养育着子孙
佑护着百姓
衣带渐宽终不悔，为伊消得人憔悴
伟大的胸怀，灿烂的文明
发扬传承五千年文化
义不容辞
依偎在你的怀里
安详，宁静

行走在宣城，感悟诗情

一　广德

广德，皖南的江南水乡
温婉内敛而不失清丽隽永

笄山竹海，青涩，宛如初长成的小女孩
妍丽娇羞带着乡土的笑声
翠鸟与之共鸣，回荡在山谷
从云中俯瞰，绿色的海洋
连绵起伏，波浪翻卷
在风中摇曳，顾盼生辉，
竹海间有一条小河
似碧玉的锦带
横卧在山峰
宁静，令人遐思

黄山毛峰，碧螺春
声名远播，享誉中外

太极洞，神秘又令人向往
迈进门槛
一汪碧绿如洗的池水
映入眼帘
与将军山遥相呼应

范仲淹塑像，栩栩如生
情不自禁吟诵
先天下之忧而忧，后天下之乐而乐

先贤的哲思和胸襟

一仪生两极，道家学说
张三丰修行炼丹
天地间，阴阳调和
大道至简，蕴含着人文理念

走进洞内，乘坐游轮
穿梭于峻峭溶洞间
清澈见底的河水
缓缓流淌着惊奇和赞叹
鬼斧的天工
织造出瑰丽的画卷

攀援拾级，抬望眼
天似穹窿，笼盖四野
每当气喘吁吁
转弯处，豁然开朗
山川秀丽，美不胜收
恰似人生，攀登
累得想放弃
突然，峰回路转
不经意，又攀上一个台阶
信仰，理想
迷人且充满着诱惑
奋斗，乐在其中

二　宣城

宣纸上的山水
一张无须解读的名片

一脚踏进敬亭山
恍惚中，云雾里，绿水间
明悟了，妩媚的青山
依旧葱葱郁郁

一级一级向上
登临，心灵的愿想
不停歇的奔波
当累倒的时刻来临
我，期望着
女神明眸善睐
远方，脚下有诗情

静静地坐在山顶
眼前，醉态佯狂，恣肆汪洋
诗仙的胸中，风云涌动

其实，我辈之人
未必亦步亦趋

以酒写诗，以诗入酒
名茗山水之美，悟星云之密语

三　泾县

青弋江，古称泾水
润泽着村庄田野
土地沃饶，产值丰富
黄山，九华山养育着这方百姓
人文荟萃，地杰毓灵
山川秀丽，人物阜繁

不愧为江左名区

一汪碧绿的潭水
似明镜镶嵌在青山间
徜徉桃花潭中
一边诵读
诗仙饱含深情的诗句
一边遐思飞遄
留传千古的名诗
往事随风，慕古人之情谊

宣州窑，青花瓷，声名远播
文房四宝，宣纸之乡
汉家旧县江左名区
山川清淑秀甲江南
震惊中外的"皖南事变"
凭吊革命先烈，更觉今天幸福

漫步在"大大茂林村，小小泾县城"
感慨茂林修竹，丝竹管弦，曲水流觞
流连于山水间，仰望云空，恰逢丝丝小雨
一时恍惚，不知身在何处
不知名的小河，春水泛滥，情何在

四绩溪

绩溪，历史文化名城
邑小士多，代有闻人
抗倭名臣胡宗宪，红顶商人胡雪岩
徽墨制作大师胡天注，著名茶商胡炳衡

绩溪因水而得名
绩，功也，溪，山间流水，徽，善也
乳溪，徽溪相去一里并流
离而复合，有如绩焉
风光秀丽，文化底蕴厚重

皖南山区东部，黄山山脉，西天目山结合带
长江水系与钱塘江水系分水岭
徽州，徽商重要发源地和核心地带

龙川，五 A 级景区，历史文化名村
徜徉在登源河畔，旖旎风光尽收眼底
如龙舟出海，意气风发，磅礴傲昂
江南第一古祠，木雕艺术殿堂
沉浸在央央古国文化情愫中
心被震撼着
堪称奇迹的风水宝地
家风悠长，学风渊源

慢悠的走在龙川的龙堤凤街上
品味着醇厚的皖南情缘
凤街，因脉接西面凤凰山
龙堤，衍出河东龙山
中间纵铺的青石板为龙脊
两侧鹅卵石为龙鳞
凤街白凤凰麻石横铺
如一片一片的羽毛
龙凤呈祥，圆满美好
一方水土，人杰地灵
培育了芸芸众众的精英

来苏桥，来苏渡
苏东坡，苏辙
相逢之处，流芳千古
品味，凭吊，遐想
千古风流人物
学点文化，沾点文化墨水
或许你——
走近儒雅，改变自己

去富阳小憩

富春江，美得飘逸
宛如仙女，披七彩祥云
飘然而下，横卧在浙江富阳

富春江，新安江，千岛湖
著名旅游景区，丽日下，游人如织

去富春江小憩
风景如画的龙麟坝
远望，青山妩媚
翠翠的树林
簌簌作响
清澈见底的江水
缓缓流淌

吸口清新的山风

吐掉市侩浊气
掬捧清冽冽的江水
洗涤尘世间勾心斗角

用富春江水酿的酒
不知醉了多少才子佳人

江水岸畔，无时不在
演绎——
悲欢离合的话剧

水中影，碎成一圈涟漪
微风吹来，明月镜心
又圆又明亮

桐庐即吟

一　白云源

摘一片花海
行走——
澄澈的富春江
摇曳，露畔花影
拾级而上，龙门瀑布
似一匹白练，飞流直下
仰望天际，一线直指苍穹

白云源，龙门山脉
峻拔秀丽，仁者性格
富春江，温婉贤淑
钟情挚爱智者

蕴养，哺育着一方百姓
珍爱生命，仁怀在肩
有山有水的乡情
地杰人灵，人才辈出

沉淀，沉淀
在富春江，在白云源
居住个三年五载
修身养性
怀揣着梦想
再出发，天涯海角
抒写一行行诗情

二　浪石金滩

天外来仙的五彩石，遥望着富春江
一见倾心，化为巨石
在江中嬉戏，飘浮
随波逐流，定终身
生根，繁衍，生生息息

身披七彩祥云，被钱塘江推送
天然的鹅卵石汇成滚滚洪流
铺就在千亩沙滩上
曲曲弯弯，蔚蔚壮观
逶迤了山水，葳蕤着芦苇

沿着黄公望的脚步，徜徉在富春江畔
邂逅，清丽妍淑的女孩
未曾开口却讷言
包含深情的眼睛
看缓缓流去的江水

坐在富春江边，凝思
带上画架，写生
翻滚着豪情，泼墨如云
四周青峦叠翠，秋风徐徐
吹散了过去三年的愁云惨雾

一边品尝着西湖龙井
一边大写意富春江的娇媚
两岸阡陌纵横，沙滩交错
蜿蜒跌宕，风景秀异，引人入胜
清澈见底的江水，在脚下流淌
丝丝缕缕的清凉，沁入身心

千年古樟，见证了千年风云
由黑变绿，山清水秀
水乡的情愫，岂能忘怀

万顷芦苇，在秋高气爽的风中
如海的波涛，摇曳花瓣，风情万种

江南，富春江畔
烟雨蒙蒙，红尘中的恋人
款款深情，双眸，荡漾着无限春情
让人爱不释手

一朵雪花，观北京冬奥开幕式有感

一朵雪花，凝结着五千年的灿烂
从宁静的唐古拉山脉出发
汇聚着中华民族的心愿
奔腾着，飞跃着，磅礴着
一泻千里的韵律
变化成千朵，万朵……
融合了四大洋，五大洲，世界各国
以奥运的名义，共同目标和精神
齐聚在北京，共享盛会

雪花，很美，轻盈，飘逸
瑞雪迎春，圣洁无瑕，没有丝毫杂念
冰雪，很硬，厚实，坚毅
晶莹剔透，敞开胸怀，喜迎八方来客

又是一年，冬的脚步慢慢远去
春的鼓点，敲响在泱泱古国
九百六十多万平方公里

奥运五环旗，又一次在北京飘扬
2022 年的春天，来得热烈红火

奥运圣火，燃烧着圣洁的笑容
在奥运赛场上
快速，再快速，奔跑
没有最快，唯有更快
冰雪的跑道，冰雪的舞台
从雪山上穿梭，腾挪

跳跃，旋转，360度，720度……
拼搏，在五环旗下拼搏
向更高的顶点冲刺
终点，始终在前头
搏出人生的精彩

莽莽雪山的红梅
傲霜斗雪，妍妍地开着
中华大地，红彤彤的春联
贴满大街小巷，雪域高原
澄蓝夜空，缤纷万千的焰火
嫣然了天际，大国风范
包容，谦和，团结，奋发的风景
又一次在北京绽放

看今日寰宇，五星红旗，耀辉在每一个角落
国歌，奥运之歌，在北京，在神州回荡
中国梦，五千年的梦，在十四亿中国人
心中

致大白……

不知你——
来自何方，也不知何种职业
更不知姓甚名谁

我以无比崇敬的心情
叫你一声，大白……

黄浦江，弥漫着病毒
灰暗的天空
压抑和焦虑，齐齐袭来
你——
化身为守护神
守护这座城，守护百姓

无私，才能无畏
冲锋，冲锋在疫情的第一线
你们用热忱、温情和奉献
诠释了这座城市的精神
托起了明日的太阳
脚步，穿梭在
责任和关爱的路上

面对着被感染
眼神，透露着坚毅
不动摇，不退却
面对着艰难
脚步，一步一步
唱着共产党员之歌前进

吻一下尚在梦中的女儿
摘着星星回家
不敢多吃多喝
怕就怕"三急"频频来临
累了，饿了，在行走的路上
闭上眼睛，打一会盹

四月的风，轻轻的吹拂
温柔的就像母亲的手
抚慰着每一个人

我站在阳台上
噙着泪，轻轻地道一声
珍重，大白……

春天，从崇明岛出发

当第一缕阳光跃出海面
和煦的风，漫过田野，村庄
春天，从崇明岛出发

三大宝岛，台湾，海南，崇明
长江门户，上海后花园
孤悬在长江，东海交界处
蕴韵着大海的浩瀚宽广
长江的婉约婷婷
美丽的东海瀛洲，传说中的仙岛
钟毓灵秀，闻名遐迩

崇明，如闺房中的绝世美女
清丽可人，不染一尘

长江滚滚水与东海交汇
东，西口滞胀的沙
不断冲击而成的岛屿
形成了特有风貌
江南，一颗稀世珍珠
闪耀在东海之滨，长江尾

春天，从崇明岛出发
碧波万顷的明珠湖，西沙湿地
远离喧嚣，浮躁，远离城市红绿灯的节奏变幻
寻一处岁月静好的茶馆，静听鸟语虫鸣
漫步在江南三民文化村，前卫生态村
修身养性，宁静的夜晚，月光下的独舞

87

春天，从崇明岛出发
车在跨江大桥驶行
远眺，波光粼粼，风微微
江水，海水宛如爱恋中情侣
婆娑着，缱绻着，你中有我
我中有你，混合着江水，海水的雄浑和细腻

春天，从崇明岛出发
挽着你的手，踏着细浪而来
徜徉在婀娜多姿的农家乐
荡漾起乡村浪漫曲

春天，从崇明岛出发
人间仙境，旅游胜地
长江入海口的大闸蟹，崇明糕
会让你流连忘返，眷恋，乐不思蜀

碧空万里，有一朵云彩，闪烁

—— 小记万里街道轶事

一　揽胜　万里公园

金色的阳光，洒满园内每一个角落
银杏树叶，抖落一身艰辛和汗水
在高高的树梢上，眺望
幽静的小路，弯弯曲曲
铺满黄金般的理想信念

翠翠的柳条
垂下曼妙的身姿
拨动着江南，冬日暖阳
妖娆的绰约的万里春之恋曲

坐在公园的长椅上
聆听，百年，千年之约
镌刻在贝叶上的经典
智者的声音
此刻——
心，澄澈清明
手捧着沉沉的篇章
开启着混沌的心灵
浮嚣的尘世
跟先哲对话，与书相伴
与初心，使命
融化，揉合，交融
焕发出青春的笑靥

89

二　万里，璀璨夺目的文化

苏州河，上海的母亲河
碧霞万顷，清澈透明
温润着上海，温润着普陀
万里街道——就是
一颗闪闪发亮的明珠

苏河十八湾，湾湾有传奇轶事
万里街道，璀璨夺目的文化
创作基地，作家签约万里
品读万里，文学大咖讲堂，文学沙龙
一串串耀眼的珍珠，熠熠生辉

漫步在万里街道的通衢大道
间或林荫阡陌，空气中弥漫着书香
沉浸在——
文化的雅致和大气中
不觉中——
意气风发，气韵神思，遄流万里

一本书，一句哲理
滋养着你我，遨游在书海中
明志，兼济天下

著书立说，传承优秀
悠悠五千年文化
道路自信、理论自信、制度自信、文化自信
我辈岂敢忘国忧
使命召唤，砥砺前行
红彤彤阳光
射照在——
浦江两岸，苏州河畔，万里街道

骄傲，吉水，我为之吟唱

吉水，赣江中游，闻名遐迩的明珠
悠悠千年，人才辈出，四大名人
熠熠生辉，光耀中华

欧阳修，杨万里，文天祥，解缙
如雷贯耳，彪炳史册
庐陵文化发源地
璀璨了中华文化，流芳千古
文章节义之邦，人文渊源之地

风光秀美的茶山，南花，午岗
芳草茵茵，怡人悠闲
躺在温泉里
一缕绿莹莹的光
射照在身，闭眼，遐思飞遄
间或捧一册书，轻轻吟哦
泉眼无声惜细流，树阴照水爱晴柔

吉水，红色旅游的胜地
风火连天的岁月
井冈山的斗争
走进白水镇木口村
重温革命的忠心赤胆
共产党人的初心使命

峡山水利工程，造福后代
挺起吉泰走廊脊梁
恩泽桑梓百姓

漫步在泷江岸边
轻轻抚摸着"千首观音"的桂花树
置身于青山绿水，微风吹来
人约黄昏后，柳树上梢头
徜徉花海，仿佛我又回到从前
花一般的笑靥，银铃似的行吟
人生自古谁无死，留取丹心照汗青

在先哲的字里行间里畅游
沐浴在书香墨宝中
行走于三千红尘
一卷书伴身
像一朵洁白的莲花
不坠青云之志
谈笑轻看淡名虚利
不忘当年的誓言

第三辑

感悟诗情

麦芒上的舞蹈

春光已薄，瘦瘦的，被刀削过
海棠花未眠，昨日倚楼望行云
碧树春水业成空

故乡的河水，依旧清洌，阡陌路上
初夏的阳光。绿莹莹，泛着喜悦

麦子熟了，田野溢透出丝丝的歆怡
这是一片热土，百年前也是这片土地
父辈们的辛劳，换来的是血和泪
血雨腥风，不平等，豪强劣绅
巧取豪夺，劳苦大众做牛做马
依然是饥寒交迫，背井离乡

手捧着家乡的泥土，流浪，逃荒
佝偻的背影，粗糙汉子，一双手
挑起家庭的希望，架起生活的木板桥

百年前的革命风云
先烈的抛头颅，洒热血
五星红旗，在蓝天下高高飘扬

一阵风吹过
麦芒上飘来飘去的金色记忆
年轻时的恍惚，惊喜，说不出口的相恋
一刹那，涌上心头

麦芒上的春华，舞蹈着爬山涉水的故事

嫣然一笑竹篱间，有斜风细雨作伴
有泪，有艰辛，更有爬山登顶的轻狂

巫山云雨，朝霞漫天飞舞的思之苦
赤脚走在乡间小路
在河畔洗濯，洗去淡淡的昨日忧伤
曲水流觞，睁开双眼，漫漫茵茵的芦苇
微微而吟唱，麦子熟了

为你而歌

——为朋友周仁付而题照

四十多年前，中国大地刚经历严寒
一点新绿，很弱很小，露出婴儿般笑容
纯洁得如同天上的白云

四十多年前，解除禁锢，改革开放
如同解放女人的天足
走出大山，走进城市
走入浩浩荡荡的奋斗大军

四十多年前，大山内的青年
披一身朝阳，勃发英姿
如追风少年，怀揣着梦想
在大上海吃遍万千辛酸和劳累
看尽人间百态，冷暖自知

今晚劝君酒一杯
年少无钱不紧要
发奋图强自当知
时间更尽风流事

四十多年前，大山里的女孩
同样身无分文，唯有憧憬
在大上海拼搏的海洋里
内敛，羞涩中盈透出坚毅

同样的梦想，同样的命运
在奋斗中开出粲粲的花朵
携手共进，同走富裕路

四十多年的风雨
辛酸的泪，已成明日黄花
看今日，晚霞漫漫如血
青春如同落花，在夕阳下的奔跑
年龄虽不如从前，心依旧灿烂辉宏

一个人的在雨中

一江南，又到梅雨时

雨纷飞，纷飞的记忆
断断续续，时而轻狂，时而叹气

江南，又到梅雨时
一个人在雨中
拾起湿漉漉的童年
站在昌化路桥上
聆听苏州河特有的雨声

迷蒙的眼睛
心却一片空白，澄明

二雨中又重逢

你从雨中急急走过
我却在雨中期盼

二十，三十年未见
再也见不到你，当年的风采

我依稀记得，圆圆的脸上
洋溢着稚嫩无邪的笑容

我期盼的是当年初恋
而今，你却让我不敢相认

擦肩而过的青春时华
雨淋湿了记忆

三在雨中，望高楼

风微微，雨细细
丝丝飘落在苏州河

蒙蒙的雨丝
洗涤着两岸的迷茫和浮躁

夜晚，苏州河畔
静谧，无声中溢透着婉莹
灯光炫酷地从高楼上倾泻

五色迷离的灯光
在河面上波澜

独自在雨中，望高楼
树影，幽幽的婆娑

放空身心，随雨飘洒
置身在雨中，听雨
雨的每一次心跳
雨打荷花的禅音
不用雨伞，携一身甜甜的雨丝
回家

骤然而至的暴雨

骤然而至的暴雨
天似墨云
从天上倾泻
汪洋一片
漫过膝盖、街道、田野、村庄

每条河、湖、江、海都不平静
飞速地，疯狂地转动
地下水道一同疯狂

街上的行人，几乎看不见
隔着重重雨幕
雨伞此时此刻就像
风筝，飘起来

街上的灯亮着
车宛如长龙，缓慢行驶
雨，冰雹结伴同行
拼命地敲打
仿佛要砸碎束缚

二

隔海相望，大洋彼岸
云在燃烧，山在燃烧

每一个人都一样
不分肤色、种类、民族

在水与火的炼狱下

生命何其渺小
万里无云万里天

惊叹，纽约地铁水漫金山
水似瀑布，漫漫漾漾
温柔的笑靥
突然变成僵硬
恐惧浸湿了乘客的心头

自诩——世界老大
漫画式的幽默

夏季的风，疯狂
让西方精英摆一摆龙门阵

今晚，又有雨

今晚，又有雨
行程又一次被抛锚

爱你，正逢雨潇潇
伞下，演绎呢喃细语
至今难忘

素手纤纤，长裙飘飘
雨细细，落在河面
凝视，在画板上渲染
潭水般的明眸
波动着云水流觞

八月夜未央
捧起一轮明月
荷塘边，暝色高楼
粲然的五色灯光
泻下一地凄惨的笑靥

今晚，雨又来
困苦，艰难
慢慢品茗，咀嚼
回味，丝丝甜蜜

邂逅在诗经中

月亮纯白得像一张白纸
捧出一树桃花
懵懂的羞涩，豆蔻的相思
写在翠翠的荷叶上

绣上满满爱意的荷包
在相望的路上
等待，心怀希望
追风的少年郎
可否知晓

墙角的转弯处
美丽的女孩
眉眼带笑，春心荡漾
风温柔地含情脉脉
我亲吻着你的发丝
馨香迷漫，空气中盈透了甜蜜

一地皎皎的月光
洒在我的床头
邂逅千年的女孩
冥想，心跳加速，一如初恋

女神

坐在时光女神的船上，航行
风雨交加的征途
叠加的思念，孩提时的梦幻
一刻也没有停留

拜倒在你的石榴裙下
如履薄冰，战战兢兢地追求
每分每秒都不容错过
笑靥，惠顾和青睐

坐在一豆灯火的黑夜
虔诚的聆听
五千多年来，圣人的教诲
先贤的哲思，行云般文章

大漠孤烟，戈壁草滩
月圆之夜，弯刀铮铮
想与你促膝长谈
那一排排雄起的塞外风情
毡房内一腔热血

偶尔，也去江南水乡
领略柔情的层层涟漪

一抹斜阳，血色染红天际
时光女神哦
悲壮的胡笳，在我耳边
已演变成袅袅婷婷的细语

夜听蟋蟀昼听蝉

守护心灵那一点，纯真美好
枝头上，流淌着一曲曲
悦耳动听的禅音

自诩"天才"们的乌鸦
聒噪着"高深莫测"的剧本
眼花缭乱的台词
却原来——
垃圾堆里捡拾而来
皇帝"新嫁衣"

你问我
秋声可曾老
月明星稀
走近田野，走近大山
一缕清风，徐徐扑面
海的波涛，山的竹涛
清音稀稀的虫鸣
一杯淡酒，两盏清茶
何谈愁和忧，放逐名和利

站在秋水的岸边

天边一抹沧桑的阳光
穿透厚厚的云层
倾泻在海面上
落叶裹挟着眷念
汹涌澎湃地扑过来

我站在秋水的岸边
捡拾起——
漂流瓶中的诗句
焦躁里浸润些许的甜蜜

纵横交错的江南水乡
咿呀咿呀的摇着橹
北方佳人的倩容笑脸
空气中弥漫着嗲嗲的埋怨

秋风，像雍容华贵的女人
款款深情地注目
岸边俊潇的小男孩
洋溢着青春
婆娑着金色的稻谷，金色的田野

漫漾起欢快的圆舞曲
伊人在彼岸
我站在秋水的岸边
和你同在蓝天下
眺望
流觞的信笺
飘洋过海来看你

慢下来……

清晨，一缕阳光，迫不及待
穿过阳台，射进屋内
欣赏着我，写意的水墨丹青
惬意的时光旅程

春秋时华，谁知
泼墨如云，牡丹花开
淡然如菊，曲水流觞
秋韵昂然，蝉音袅袅
洁白似云，雪花朵朵
伴君行，大漠孤烟，篝火旁
吟唱大风起兮云飞扬
泗水边，诵读逝者如斯夫
采菊东篱下，一抹虹霞水乡翠柳
坐看云起时，峡谷叠嶂山花烂漫
清松明月，涧水缓缓流淌
水漫处，勃发着铁竖银钩的豪情
光影下，迸射着飞针走线的浪漫

屋内，静谧的活色生香
一杯浓浓的普洱茶
漫溢出窗外

我们……

银白色的月光下，我们荡起双桨
清澈的青海湖面上
徜徉其间，遐想翩翩

摇着经幡，缘今世的梦
虔诚地诵读经文

折叠相思的纸鸢
一层层的祈愿
悠悠白云下，放飞

天，蓝的碧翠
湖，同样蓝的纯净

青藏高原的少女
心如同白云般的圣洁

思念的时候，与天接壤
在童话的故事里
游戏，玩耍

用白雪建造宫殿
亮晶晶的婚戒，婚纱
皎皎的月色下，冰莹剔透
美得无法透气

仰望星空，一颗雪白雪白的流星
划破天际，一艘粉红色的小船
停泊在雪域高原

站在冬的深处

心在雪海里洗礼
漫舞着青春
眼神里浸润了向往
白桦林一如既往的潇洒快乐
无忧无虑唱着童谣

告别，炫酷的高楼大厦
和喧嚣的霓虹灯

冬的深夜
与天地对话
聆听先贤哲人，圣灵
教诲

在一斗的星空下
感悟
红尘做伴，相思慰清秋

站在冬的深处
期盼着

北方佳丽，儿时的梦幻
天际飘舞着白白的精灵
天地间——
演绎着可爱，顽劣
女孩——盈盈的笑靥

早晨，你好

晨曦　像丝绒般的沙巾
薄薄地披在树梢头
东方欲晓　百灵鸟
好似被宠坏的孩子
扯开嗓子　引吭高歌
唱响清晨的第一首情歌

太阳　像娇羞的女孩
矜持地露出红红的脸庞
绞着手绢，双眸，噙着深情
万道金芒　射在波光粼粼的海面
鸥鸟雀跃般飞扬

捡拾起一段绿茵茵的记忆
江南，雨纷纷
站在雨里，拥抱昨日的影子
婆娑起舞，恍然如梦

独自旅行，徒步去草原
莽莽一线，碧海云天
躺在绿油油的草地
望着蓝天，白云悠然
忘不了，初吻是在草原
忘不了，为你披上红头巾
在江南，在烟雨中

早晨，你好
黄鹂鸟，鸣叫着青春欢歌

立春

侧耳静听，一声柔柔的笑语
从北方涉水而来
邻家女孩，久违了
暗香浮动，斜风细雨
墙角，梅花正妍

一缕薄薄的风
吹拂，在眼睑上停留，
丝丝的寒冷，扑打在脖子上
心仪女孩，嗲嗲的呢喃
细语声声，嫩芽般的恋情
在雪花飘飘的时光里
生长

乍暖还寒时候，难赴夜梦
满天星光，碾碎了多少相思

飘零已久的游子
穿越时华，踏上归途
絮絮呓语，梦里梦外
冰冷刺骨的忧郁，渐渐地离去
春姑娘，无邪的笑靥
荡漾在湖面

抛弃灰暗的心情
趁着黎明
携带着儿时泛黄的照片
捡拾起欣悦
随我一同踏青，咬春

春

宛如婴儿，第一声啼哭
惊艳了天际，轰隆隆地宣示
——我来了

绝世美女，袅袅婷婷走过田野
一步一步，踩出嫩芽似的翠绿
盈盈的笑意
写满了河流，湖泊，田野，山谷……
一缕薄薄多情的春阳
捡拾起儿时旧梦
晒晒太阳

墙角处，留存着斑斓的残雪
与梅花相伴，时有时无的幽香
挥之不去的眷恋
无痕的梦，打湿了纱巾

最忆是江南，碧水流觞
烟雨霏霏，弥漫着丝竹管弦的清悠
明眸里隐隐着丝丝的忧郁
丁香姑娘，迈着柔柔弱弱的碎步
携带着沉鱼般的婀娜风情
走在幽幽的巷子
翘盼着，追风少年
玉箫横吹，黛色暮晚

春花朵朵

桃花红，梨花白，烂漫妍妍
花儿为谁开，朵朵痴情，今夜无眠
不要说你爱我，我为你，歌词已唱白
月夜下，小雨不停，心绪难宁

春花已如霰，媚了双眼
蝶蝶舞恋，被撩拨的心，轻松出发
醉双燕，忘了归家路
春风已度玉门关，关不住的情
花儿一朵朵，粉红色的丝巾
系在玉兰树上

桃花攀上春风，不知谁之错
风和日丽，氤氲着青草，嫩嫩的冲动
破土而出的思念，挡不住春风来袭
昨日的雨，滴滴答答
不停地敲打着门窗
寄出去的悄悄话
在月光里游动

春风一度，花儿朵朵
被太阳晒得暖洋洋
听树上黄鹂鸟的鸣春曲
双眼滴溜溜地转
咬住乱花恣肆无忌惮
一曲相思月夜白

这一刻……

这一刻——
憧憬着，向往着，蓝天大海
蔚蓝色的穹宇
云中锦书，盈盈一笑，倾世
湛蓝色的波涛
浩渺无边，海鸥追逐浪花
游轮，在莽莽的大海中穿行

这一刻——
遐思着，梦幻着，江河湖水
一叶扁舟，轻摇橹桨，浪花水声灯影
临风吹拂，一袭湖蓝色的旗袍
薄薄的春阳，射照在湖面
妖娆，婀娜，妩媚了青山

这一刻——
希冀着，等待着，疫情结束
每天早晨，看一串串数字，疫情报道
封控的时间，心，从来没有，将来也不会
失望，失去信心……
芳菲四月，我坐在阳光下，等风来
柳枝随风起舞，桃红风情万种
或许，天空会飘来一丝丝小雨
云雀在白云里，鸣唱
蝶舞双恋，燕子飞来

这一刻——
期盼着，久违了，春光泄满庭院

113

听鸟鸣

丽日下的梵唱
涤荡着芜杂的私欲
净化着灵魂

浮嚣的时光
来来往往的利益
蒙蔽了人性

一树绿荫，一缕阳光
听鸟鸣，修身养性
沉淀，在这特殊的时刻

遥想当年峨冠博带
五月的花，粲粲如霞
年少时光，飞扬的恋情
飘荡在云天

此时，沐浴在阳光里
披一身禅意
听——
忽高忽低的天籁之音
置身于蓝天白云间
星空，田野，山涧
氤氲着春花秋月

特殊时期
牢骚和埋怨
忧郁和伤感

如毒蛇般缠着
雾霭，迷蒙着双眼
看不见——
绿水青山，叠嶂石岩
听不见——
溪水淙淙，涧水澜澜

闲暇空余，仰望，俯瞰
一册画卷，山高水远
一卷唐诗宋词，星辰大海
浪漫与激情碰撞
诗行——
汩汩流淌在心底

春红，不是悲哀的时刻……

煮一壶心事，忧伤复愁肠
枯坐在斗室里，清风习习
望窗外，莺莺燕燕，鸟啼鸣啾
栀子花开，暗香盈盈
悸动的心，沉淀在湖光山色里

徐徐的风，不时敲打着窗棂
春红，不是悲伤的时刻……
别来春半，荼蘼花事了
夏，就如此这般风情万种
款款来到，拉着我的手

氤氲着丰韵妩媚的双眸
在霞虹飞遄的傍晚
缱绻在柳树下
看姹紫嫣红的霓虹灯

锦锈铺在浦江，苏州河
一半火焰，一半海水的诱惑
怅惘，徘徊，或者沉醉
我知道，你也切切地盼望
眺望，隔着重重的水泥森林
静谧的大街小巷

窗外，有潺潺的雨丝
阴郁的天空，叹着古井不波的气息
春红，不是悲伤的时刻……
初夏的晚风，戴着翠翠的红宝石
在等待着你我的牵手，闲聊
梦想挽手未来
满天星斗，皎皎的月色
徜徉在无边的快乐中

听黄鹂鸟鸣唱，想你……

五月的阳光，如絮如丝
幽兰般气息，弥漫在空中
独自彷徨在幽篁里
听黄鹂鸟鸣唱，想你……

一帧玉照，遐想万千
仿佛又回到旧日时光
你，弱柳扶风，款款移步
星眸含春，远眺

园区内
芳草萋萋，却绿到天涯
清澈的湖水，漫不经心地流淌
两岸的柳条，风情妩媚
随风的往事，似薄薄的阳光
穿透白云，逶迤而来

沐浴在阳光下，
听黄鹂鸟鸣唱，
想你——
温婉的倩影
如斑斓的蝴蝶
翩翩起舞
不知疲倦的说着
时而清丽，时而低沉
润物无声的话语
就像豆蔻年华的女孩
怀揣着梦想，去追逐爱情

丝绒样的诗行，萦绕在心头
峡谷里的思念，烂漫在山脚
五月的花，缤纷灿烂
回眸一笑的刻骨
回荡在幽深的小巷

阳光下，心无旁骛
听黄鹂鸟鸣唱，想你……
邂逅在五月的时光
坐在桃红柳绿间，呢喃
不能忘怀的江南
细雨霏霏的时华

荷塘

唇，还留着春的初吻
青涩的菡萏露出怯怯的笑靥

夏日的阳光，如英俊潇洒的小伙
不遗余力的追求，一见倾心的初恋
池塘里的荷花，矜持的摇摆
恰如九天玄女的舞曲
淡然一笑，于无声处
霎时间迸发出娇艳俏丽

夏日的晚风，总是那么撩人
含情脉脉的眼眸
俘获了多少少男少女的芳心
柳树像喋喋不休的媒婆
忸怩着背诵着台词

池塘的水，一如既往的清澈
多情浪漫，爱恋之中的你我
静静地徘徊在池塘边
沉浸在红尘情歌中
欲罢不能，难以忘怀
不觉中，月西沉，露已白

芦苇

似花非花，似雾非雾
依偎在江边，湖畔，河岸
氤氲青葱式的绮梦
清风徐徐，凤舞九天
漫天卷起隽永的笑影
飘落在江湖
轻浪三更入梦来

一缕薄薄的晨曦
跃动着，在床前徘徊
浓浓的化不开的缱绻和思念
突然不见了踪影
不知，恨谁，泪水打湿了衣衫

芦花荻荻，雁声阵阵
心系年少时的缠绵和牵挂
汽笛声声，打破了江河的沉寂
隐匿在芦苇荡的秋千
欲飞上云端，跟白云去流浪
忘却了，没有翅膀，怎么飞

水一样的情愫
曲水流觞的初恋
轻轻的呢喃细语
家乡的童谣
离不开，温柔的眼睛
如泣如诉的哀婉
余音袅袅地回荡在耳边

坐在湖边，血色夕阳
染红了半边天际
细绒般的花雨
逸飞在空中
把我的青春痴情
捎去

户外散步有感

封闭，禁足，两月有余
如笼中的小鸟
干涸的心灵，沉重的脚步
迈不出三尺斗室

苦难，郁闷，上苍馈赠的礼物
苦难的日子，思索翩翩
得益也多多，切不可
让岁月成蹉跎

户外，初夏的阳光，温情脉脉
一簇簇黄色的雏菊
在高架路桥的百草院内
恣意烂漫，无忧无虑地开着

漫无目的地走着
惬意地呼吸

在清浅的时光里
享受着——
每一丝花香
每一寸阳光
每一缕清风

真羡慕，沉沦在爱情中的痴男怨女
没心没肺地沐浴在虚拟的甜蜜里

走过，走过无数的山
蹚过，蹚过无数的水
错过了几许身旁的风景
如今，喝上几杯酒
风也轻，云也淡

感怀每一天的日落日出
一缕翁郁的阳光
爬在额头，逗留，浸润
青丝悄悄地变成白发
心，依然如云雀
鸣唱——
天真和童心

重逢，何必刻意

夏意渐欲，白色蝴蝶兰
在庭院内妖娆恣意

重逢，何必刻意
依然是冰莹玉洁
苏州河畔，幽幽小道
坐在长椅上，无须唠叨
嘴角微微上翘
似笑非笑

瀑布般的青丝
被浸染
梦里几回，萦萦在心
写成了剧本

漫画式的神情
恍惚如昨日
其实，我更想听
远山，寺庙里的钟声

第四辑

苏河湾之恋

苏河湾表白

一 平静和缓

平静和缓，流淌着莺歌燕舞的波纹
或许一丝，碧绿的温柔，婉约的旋涡
阳光下，让人悸动，让人沉醉

二 往事历历

民族工业凭河生存，凭河鼎盛
走廊式的工厂，随河弯弯曲曲
林立的烟囱，空气中燃烧着灰霾
黑色的废水，侵蚀着美丽的肌体
苏州河，上海的母亲河
背负沉重的十字架
透支着母爱的血液，养育着上海
这光鲜亮丽的脸面
改革，吹皱了一江春水
斑驳的过去式，点点滴滴在心头

三 靓丽的姿容

清波荡漾起靓丽的姿容
微风摇曳着青春的激情
苏河十八湾，湾湾有传奇
蓝天下，碧绿的河水
流淌着诗词歌赋的古韵

黛玉装点树千尺

高楼摩云天
月光下的树影，人影
倒映在河面
婆娑着昨日风流佳话
留下一瞬间的感觉

四 人在画中游

云悠悠，风微微
纸鸢在蓝天下自由自在

站在桥上，俯瞰
花香两岸，绿树成荫
幽静弯曲的跑步道
人在画中游

鸟呢喃，人语轻，水微澜
交织，水乳交融
昔日灰姑娘
已成月中桂子
在欢快星光下，徜徉

苏河湾之恋

江南，苏河湾一隅
午后的阳光，被人影和闪光灯
搅碎，散落在河面
淡淡的远行，波光潋滟
泛起层层相思

江南，冬日的风
软绵绵，拂面而过
如女孩的粉拳
妩媚式撒娇

乘一叶扁舟，划桨
自东往西，顺流而下
掩面而笑的女子
盈盈的眼波
穿行在
碧树环绕和色彩斑斓的高楼间
一瞬间，静谧了时空
荡漾起一水春梦

银杏树叶，簌簌而鸣
小道，铺满了黄金般的幻想
站在桥上，远眺
河畔，弯弯曲曲
翠翠的柳条
垂下曼妙的身姿
拨动着江南，冬日暖阳
妖娆的绰约的恋曲

坐在公园的长椅上
聆听，百年，千年之约
镌刻在贝叶上的经典
智者的声音
此刻—
心，澄澈清明

苏河湾的樱花

烟柳重重，花影叠叠
苏州河畔，云雾初霁
绿莹莹的光，在艳红的樱花上徘徊

抖擞着一腔痴情
瞬间缤纷璨璨
飘逸着思念，随风奔跑

在河畔，目不转睛地望着
河水缓缓地流淌
没有涟漪，也没有漩涡
平静的让人心碎

初春的阳光，纯粹，圣洁
人流如织，花团锦簇
雀跃着跳动着惊喜
宛如云雀，在蓝天白云间，飘流

恍惚中，有一双迷离的眼睛
柔情似水，如梦如幻
莺啭的歌声，时续时断
欲携手，与你同行
吴浓软语，菱歌泛河

苏河湾之恋（十八湾）

引子，苏河十八湾

一条河，承载的记忆
难以诉说，道不尽眷恋

苏州河，上海母亲河
原名吴淞江，源于太湖瓜泾口
全长一百二十五米，从青浦赵屯西北流入上海市内
流经青浦，嘉定普陀等九个区
流入到外白渡桥河口汇入黄浦江
流经普陀区
曲曲弯弯，似半岛
民族工业的摇篮，发祥地

苏河十八湾
故事，传奇，风云历程
塑造出的性格，品质和精神
普陀人的骄傲和自豪

一长寿湾

苏州河上第一湾
呈半个寿桃形状
形似佛手，有佛缘

解放后苏河第一桥，长寿路桥
一座钢筋混凝土的桥梁
桥东为静安区，桥西为普陀区

劳勃生路，后改长寿路
故称长寿湾

一座桥，凝固的历史
一条河，尘封的文化

夜晚，星星点点
站在桥上，远望
鳞次栉比的高楼
万家灯火闪烁
绿莹莹的苏州河水，缓缓流淌
置身于星星，灯光下
抚今追昔，惊讶，感叹
干涩的双眼，盈着泪水

比邻的玉佛寺
沪上三大寺庙
龙华寺，静安寺，玉佛寺
供奉着由玉雕刻的卧佛
香火袅绕，虔诚信众，络绎不绝

佛殿，楼阁，斋厨仿宋寺庙建筑群

黄墙黑瓦，恢宏庄重，气派非凡
丹霞舣绫，崇闳壮丽，蔚为巨刹，甲于沪上

大自鸣钟，想当年地标性建筑
长寿路，东西向通衢大道，共长三千米

宋庆龄故居，普陀区妇婴保健院
红顶粉墙，三层小楼，砖木结构

民族工业，绕不开荣氏
面粉厂，纺织厂，红顶商人
故事，名称里蕴涵着波澜壮阔
苦难的历程和不屈不挠精神

二 潘家湾

温文尔雅的苏州河
蜿蜒至武宁路，长寿路
形成状如"佛手"的几个湾
佛手的大拇指，就是第二湾的潘家湾

以潘、张、陈、谭四姓为居住村落
潘姓为最多，故称潘家湾

改革前，普陀区最出名的棚户区
潘家湾，谭子湾，朱家湾，药水弄
史称"三湾一弄"

湾北潘家湾路，湾南莫干山路和澳门路
以独特的地理优势
民族资本近代工业发源地
"纺织王国""面粉王国"

荣氏家族，孙氏两兄弟
一九〇〇年上海第一家阜丰机器面粉厂
一九一三福新面粉厂
溥益纺织厂，统益纱厂，溥益纺织二厂
民族工业的两颗璀璨明珠
烟囱林立，机声隆隆
比邻而居，撑起上海民族工业半边天

苏州河，不堪回首的往事
黑，臭，污染严重
工厂企业排放的废水
侵蚀着母亲河美丽的肌肤
损害了绝世的容颜

一九九八年，上海最大的棚户区
二百七十余家企业，万余户居民
旧区改造的"淮海战役"
消失了——
一线天，台硌路，给水站
煤球炉，老虎灶，倒马桶

如诗如画的中原两湾城
南北走向中潭路，分成东西两侧

地铁三号线四号线在此横穿
蔚为壮观的高楼耸立
直插云霄

苏州河经过多年治理
恢复了靓丽妩媚的风姿

河畔，桃红柳绿，青翠欲滴
四季沐歌，人工跑道，亲水平台
漫步中央环岛公园，领略江南园林的婉约幽静
三条绿化带，拥抱翠竹鸟语，清清河水
泛舟苏州河感受运河城，海湾生活，沿河绿树夹荫
在喧嚣的闹市，寻一处幽静
慢慢地，静静地体悟
苏州河水的胸怀和智慧

三昌化湾

昌化湾坐落在潭子湾西
以桥命名，昌化路桥横卧苏州河南北

湾南面上海油脂四厂
前身为大有榨油厂
宁波商人朱葆山创办
"松鹤"牌植物油，
民国初，荣获世博会丙等金奖
享誉中外，民族工业骄傲

昌化路桥不大，秀珍
天安千树，独特设计
一道美不胜收的风景线
倾倒了无数痴男怨女
坐在桥的长椅上
闭上双眼，静静地遐思
感悟苏河湾的魅力
感悟生命和诗情

夜晚，美轮美奂的河水
在璀璨的灯光下

双眸盈着迷人的风韵
悄悄的诉说
前身往事

四潭子湾

虬江向东与苏州河湾汇合
形成潭子状，故称潭子湾

纺织博物馆原址为申新九厂
了解民族工业的发展史
更深刻体会中国近代
那一段中华儿女不屈不挠的精神
和风云变幻艰难历程

只有读懂三百年近代史
才能真正体会现代中华民族崛起的自豪

如今，潘家湾，潭子湾，昌化湾
美丽如画，行走在绿树成荫，苏州河畔
影影绰绰，人在画中游，树影婆娑
旖旎倩丽的女孩，挽着恋情
摇曳着美丽的童话
款款走在苏州河畔
深潭似的双眸，嫣然一笑
河水慢慢地荡漾开来

五梦清湾

上海啤酒厂曾坐落此处
称"啤酒厂湾"
在旧址建造的苏州河畔梦清园
故称梦清湾

梦清园是苏河十八湾最漂亮的公园
位于江宁路桥，昌化路桥之间
苏州河流经此处，形成三面环水半岛状

梦清园是苏州河畔
最大活水公园和公共绿地
苏州河上一颗璀璨绿宝石

上海啤酒厂前身系德商顺和啤酒厂
"天鹅"牌啤酒，享誉大江南北
其建筑群二十世纪初万国建筑云集的影响
匈牙利建筑师邬达克设计建造
细部洗练，比例优美著称
上海市优秀近代保护建筑

梦清园，主要景点，梦清馆
分为三层，第一层介绍苏州河地理位置
第二层是苏州河治理的历史
第三层苏州河目前的状况

梦清园以水体净化再生为主题
将景观轴线与历史文脉用"活水"串连在一起

公园以"一心，一环，两轴线"为系统布局
"一心"以主环路为纽带串连各景区
"一环"景观沟通桥梁，辅轴线为文脉科普轴线

梦清园内花团锦簇，绿树成荫
当樱花盛开的季节，粉红色，洁白色
烂漫与天际的血红的晚霞相映成辉

公园内的水杉树特别美
俊朗挺拔的身姿，直插云霄
冠盖如云，靓丽，婉婷
我偷偷拍下的美艳
夏日里，依偎在你的怀中
休憩，仰望悠悠白云

虽不年轻，心依旧青春飞扬
揣着梦想去远航

六朱家湾

苏州河流经此地，为第六湾
清初，淮北朱姓，因灾，流徙至此
开油坊，慢慢形成村落，故称朱家湾
此地设有造币厂，又称造币厂湾

三湾一弄，贫民区的谐称
也是过去普陀区无可奈何的标签

如今，花团锦簇的苏河湾步行跑道
犹如塞纳河般的迷人，流连忘返

中山路，环上海市区
先分为内环，中环，外环

上海在变，变大了，变美了
变化最大是三湾一弄
昔日贫穷落后的帽子
今日，是炙手可热幸福的乐园

高楼林立，商场比邻，高速公路横卧
像一条彩虹，熠熠的光，蜿蜒盘旋
穿破时空，穿梭在通衢大道

七 小沙渡湾

因渡口叫小沙渡
故称小沙渡湾
其路名亦如是，现为西康路

苏河湾有名"三湾一弄"
药水弄便在此处

十九世纪末，开设石灰窑
这一带亦称石灰窑

二十世纪，英商建药厂
遂称"药水弄"著名的贫民窟

建国后，第一座清真寺
沪西清真寺享誉大江南北

由贫民窟嬗变成花园式社区
高楼林立，商铺比邻，绿树掩映
苏河湾，清澈如许，河水轻轻波漾
缓缓东去，仿佛一首轻音乐
在你我耳畔环绕

八 小花园湾

小花园湾是苏河湾的第八湾
位于光复西路附近，湾角北侧
普陀公园，惯称"小花园"

因此得名小花园湾

湾区诞生第一家食品罐头厂
泰丰罐头厂，"双喜"牌罐头
三获世博会优等奖，名扬海内外

昔日"药水弄"贫民窟而著名
今日华丽转身蝶变成
风景如画，美不胜收
交通便捷，商业发达
居住地胜地不二之选

"三心多点"一心为昌化路
二心为镇坪路，三心为武宁路
以此中心串联，以灯光为媒
突出灯光的静谧，变幻和高楼反差
普陀区的历史文化和迥异的建筑
鳞次栉比的高楼在璀璨灯光下
柔和静美，绽放出夺目的光彩

泰欣嘉园，如靓丽的时尚女孩
秀丽不失优雅，高档不落窠臼
"面粉大王"办公楼依然
民族工业绕不开的荣氏家族
缅怀，追忆先烈，中华祖先
不忘本心，不迷心智

九宝成湾

此湾位于叶家桥两侧，上海纱厂最集中之地
湾内唯一的一座双曲拱梁人行桥
宝成桥，故得名宝成湾，也称纱厂湾

"宝成"寓意"此处有宝，成事在人"
宝山湾是民族工业发展的集聚地
苏州河具有"通江达海，连接腹地"天然优势
东有杨浦，西有普陀的美称
享誉中外的纺织品牌，比比皆是

上海国棉一厂，上海国棉二厂
纺织行业曾是民族工业的半壁江山
杨富珍，裔式娟等著名劳模享誉全国
是一代人骄傲和楷模

风满入怀，曾经的隆隆机声
已成为历史，融入在国人的血液里
回忆，不愿忘却曾经的苦难
民族文化的一部分

宝成湾，苏州河水轻轻地流淌
美好时光，奋斗者的脚步和辉煌
岁月如歌，绿草如茵
老人，小孩，游人
惬意的享受花团锦簇的阳光

十谈家渡湾

谈家渡湾位于武宁路桥正下方
本是一个摆渡口，一九一七年工人居集此地
形成渡口。解放后在此造桥，名为武宁路桥
因"上海灯泡厂"而名，又称灯泡厂湾

武宁路，长寿路是普陀区政治文化中心
商业发达，繁华，大自鸣钟，蜚声海内外

武宁路是当时区政府所在地
普陀区工人文化宫与杨浦区工人文化宫
被称为"西宫""东宫"
普陀区与杨浦区
是改革前纺织业和轻工业集中地
也是工人居住地聚集之地

二OO八年改造后的武宁路桥
在夕阳的映射下
金碧辉煌，大气典雅

站在桥上，俯瞰苏州河水
想前尘往事，不堪回首的耻辱史
不敢忘，也不能忘
中华民族伟大复兴，中国梦
事事在心，事事在行动
奋斗，争分夺秒地拼搏
追梦在路上

十一 万柳湾

"万柳湾"地处曹杨路桥西侧
始建于十九世纪末
湾名源自"小万柳堂"
画家濂泉与妻子书法家吴芝瑛的别墅

南湖夫人行侠好义
好友秋瑾殉难，冒死收尸义葬
并挂像，以追忆

往西的三官堂桥，因三官堂庙而得名
赫赫有名的活鸡市场

无论北方，南方，各式各样，风格迥异的鸡
在三官堂桥都能领略

南岸三官堂庙和北岸长生庵
苏州河南，北乡民信仰宗教不同
三官堂，原名曹家渡观音堂，亦名红庙
建于清道光年间
供奉着天官，地官，水官
还安放着观音与关公像
长生庵记载了曹氏义渡的事迹

由渡兴市，曹家渡位于上海市中心城区西北部
明永乐年间，举人曹守常一族由安徽歙县迁此定居
故址在江苏北路，万航渡路东
形成境内第一个村落——曹家宅
在此设渡口，为义渡
故此称曹家渡

曹氏祖先募款，在渡口建造木桥
后改为石桥，后改名三官堂桥

曹家渡是上海市西北部商业中心
长宁区，静安区，普陀区共同管辖
又是生产制造业中心

民族工业，初期是以纺织业，面粉生产为主
而又轻工业享誉中外，长寿路一条街至曹家渡
苏州河南方岸，沿河纺织厂，面粉厂及低端制造业
星罗棋布，烟囱林立，撑起上海工业半边天

站在曹杨路桥上

苏州河水轻轻流淌
河面，不见了
黑浑的河水
各式各样的垃圾
闻不到
臭气熏天的味儿
看不见
滚滚黑烟

暖风熏得游人醉
风摆柳舞，桃红婷婷，梨花带雨
苏州河畔，弯弯曲曲的步行道
掩映在绿树成荫下，嫣红的万花丛中

十二 学堂湾

学堂湾，亦称盘湾里
位于中山公园，万航渡路北面
被誉为"东方哈佛"圣约翰大学
五二年，圣约翰大学，复旦大学，东吴大学，厦门大学
九所大学，合并组成第一批华东政法学院
还有第一所师范大学——华东师范大学

上海打造一江一河人文景点
华东政法大学，原名圣约翰大学
保留着国宝级建筑群
校区分为东，西两部分
东区为主，西区主要为校舍和运动场
一桥横架东西，一道靓丽的风景线

半岛破围，开放式校园
彰显着晚清和民初的二十七幢

建筑群，风格迥异，峥嵘如鬼工

此校是苏河岸贴的唯一高校
珍藏着国宝级的人文景观
"苏河十八湾，湾湾是风景"
唯此处最令人沉醉，最具有人文价值

半岛步道，逶迤蜿蜒，曲曲折折
绿树婆娑，灯光璀璨，清晨或傍晚
人影绰绰，锻炼的，散步的，各式各样
沐浴——
金色的晨曦中
洋溢着快乐的笑容
灿灿的斜阳里
荡漾着轻歌曼舞
感受典雅庄重，秀丽隽永
浓浓的文化气息和熏陶
无论精神，或者气质
都会悄无声息变化
风景独好
天华物宝意气风发

十三九果园湾

清光绪年间
邑人吴文涛辟建私人花园
因园中植果树九株而得名
环江草堂，闹红画舸
萝补小筑，望江楼名噪一时
园中的桃，李，杏，梅，枇杷，花红
果香四溢，花飘千里
被称为"时代翘楚"，游览胜地

中国近代第一所昆曲学校
"南伶传习所"的遗址被完好保存

九果园湾，位于中山路桥两侧
河水清澈，汩汩流淌
两岸绿树夹荫，月光疏影
婀娜多姿，美不胜收
文人雅士多喜在此建园林，居家
安享山水，风光旖旎的静谧

如今，是宜家居住的小区
夏日傍晚时分，在此散步，溜达
是不可多得的享受
坐在岸畔的长椅子上
看看中山路桥上，车来车往，人流涌动
夕阳缓缓西下，惬意的遐想
间或拿出手机，拍几张照，天际绚烂
高楼在暮霭里，风姿绰约，
倒映在河水中，更显妩媚妖娆

十四火柴厂湾

火柴厂湾，因上海火柴厂得名
前身是一九二三年日商"燧生火柴厂"
中国最早采用机器制造火柴的企业
现代化程度排名第一
改革开放前，是全国同行业中最著名

上海火柴厂生产著名品牌
"猴牌火柴，凤凰火柴，玫瑰火柴"
是当时抢手货，受到国内外顾客的青睐
一九三三年芝加哥世博会上

大中华火柴公司生产的
"名烟牌，金鸡牌，双斧牌，金鼠牌"
"仙鹤牌，五蝠牌，飞轮牌"七大品牌大放异彩

上海火柴厂西侧有远东第一家专业酵母厂
"上海酵母厂"
一九六八年成功研制饴糖生产和酶法去液体糖化
改变了千年固体糖化的陈旧工艺

在民族工业史上留下浓墨重彩
"火柴大王"刘鸿生大中华火柴有限公司
"味精大王"吴蕴初天厨味精厂
我国第一家生产合成氨及酵酸
化工天利氮气厂

在上海火柴厂原址上，上海商标火花收藏馆
珍藏的记忆，民族工业的辉煌和奋斗史

十五长风湾

长风湾，因长风公园得名
改革开放前
长风公园，人民公园，上海动物园
最著名旅游景点
是学生春游，秋游最佳去处
受欢迎程度，不亚于网红打卡地
车水马龙，人潮汹涌，宛如长龙

长风湾，又因古北路桥，亦称古北湾
湾南，长宁区，湾北，普陀区
湾南湾北，熠熠生辉
鳞次栉比的工厂，企业

星罗棋布，错落有致
在苏州河两岸，各显神通
纷呈精彩
在民族工业史上
留下浓墨重彩
璀璨夺目，炳耀千古

长风公园，长风生态商务区
苏州河船游已通航
丹巴路码头，泸定桥四号地块，古北路桥二号绿地
三座游轮码头
位于中江路的陈家渡
是吴淞江北岸的集市，后因工业兴起
有废气和噪声，被改建为滨河绿地
原上海试剂总厂高七十米的巨型烟囱被漆成白色
顶端悬挂着游艇模型，令人瞩目的地标
一道靓丽的风景，能唤起苏州河老工业的记忆

旗帜猎猎，长飚骤骤
风景岂独然，相思不敢忘
那是一代人的傲娇，一代人的偏爱
长风公园的泛舟，假山
杨柳依依，今我来思

长风人，长风湾
抹不去的依恋

十六木渎港湾

木渎港是（吴淞江）苏州河北岸
连接虬江的支河，并汇合
是沪上历史悠久的河道

木渎港亦名"牧渎港""牧童港"
旧时为商运要道
原河道全长二千米
北起桃浦河，南接苏州河

南宋时期，在上海浦的西岸
设立上海镇，元为上海县

沪渎一带百姓将竹子做的渔具
放在大海里，利用潮涨潮落捕鱼
这种渔具被命名为"沪"或"扈"
称之"扈渎"后称"沪渎"
上海简称沪，由此而来
出典于此，故此称木渎港湾

木渎港湾，是当时北新泾工业区
（长风工业区的前身）一部分
水运繁忙，南端两岸是工厂
北段两岸是农田和村宅

上海染料化工七厂，上海人民机器厂
皆是名震遐迩的企业，其产品享誉中

二十世纪初竣工的木渎港泵闸枢纽
是苏州河环境综合治理重要子项目
"东引南北排"北排重要通道
满足了木渎港，桃浦河两岸防汛排涝
"活水畅流"水资源调度的要求
闸区内沿苏州河一侧亲水平台
配以景观灯饰，形成新颖的人文景观

能有效调活河水，改善河水水质

十七 真北湾

该湾地处真北路，故称真北湾
现多称"北新泾湾"或"新泾湾"
湾南，居民聚集地，为北新
湾北绿化地带和中环商务贸易中心
大型超市和酒楼，比比皆是
梅川路步行街，休闲娱乐最佳景点

真北路是上海中环线标志的界点
湾北有长征颇具规模工业园区

普陀区的三镇
长征镇，桃浦镇，真如镇
各具特色，是市区西北部的重镇

改革开放前，真北湾的化工企业
声名远播，辐射全国
华亭化工厂，著名企业，现已拆除

湾南是长宁区北新泾地区
成熟的社区
从市区拆迁而来，在此居住生活
交通四通八达，出行便捷
商业繁荣，百姓安居乐业
服务业齐全，是苏州河畔的一颗明珠

十八 祁连湾

苏州河流出祁连山南路，横跨的第十八湾
出了此湾，就出了普陀区的地界，进入嘉定区

上世纪，此湾属于上海的郊县区域
地处偏僻，人烟稀少
留下的人文历史故事相对较少
也是十八湾中最不出名湾道之一

行走苏州河，感受绚烂的光影变化
如幻如梦，似幻似梦，幻梦与现实交叠
融合，汇入成历史风云，跌宕起伏
溯流而上，记忆缓缓流淌
一段感情，一段民族崛起的前奏
催人泪下，又感慨万千
中华儿女不屈不挠，激荡昂扬的精神
激励着今人和子孙后代

苏州河，东方的塞纳河
蜿蜒逶迤，弯弯曲曲
璀璨的城市文化
如耀眼的明珠
熠熠生辉

一条苏州河，半部上海史
苏河十八湾，半部普陀区史

第五辑

时光碎片

时光碎片

一 时光之灵

零乱不堪的一小段，一小段的音符
碎片般的被串联成时光之灵
曲水流觞般在朋友聚会时
把酒纵论，恣意汪洋

总想，躲在一隅
潜心研读，老庄哲学
乡村的风，街角的路灯
匆匆穿越年华，穿越爱情

总是走过这个城市，那个城市
欣喜若狂的眼睛，疲倦得浑身乏力
时钟不知变通，我默默地凝视
远山，河流和大海
地铁机械的穿梭在城市的每一个角落
花开时节的惬意，落叶满地的伤叹

半夜醒来，在手机写上一句两句
不知是诗，还是感怀
向往，袅袅炊烟，宁静的暮霭
和逝去的童谣

二 时光碎片

在时空隧道中穿梭
少年的梦被凸显

站在苏州河畔
河水很轻柔，风也温柔
对面的天安千树大厦，美轮美奂
璀璨的灯光，实在太炫丽
拍照留念，川流不息
打卡，人大都喜欢炫耀自己

我喜欢看来来往往的人群
突然，耳畔响起小时候
爸爸妈妈的唠叨

日寇占领的上海孤岛
从浦东烂泥渡路出发
穿越半个上海至七宝去买米
生活，惊魂般穿过封锁关卡
人，中国人，毫无尊严

天安门城楼上，伟人庄严宣告
声震云霄，中国人民从此站起来了
那时光，百姓的翻身感，幸福感油然而生
现如今，世界被疫情困扰，欧美沦陷
人民的自豪感洋溢在脸上，我是中国人

三时光记忆

年华抖落了一身，艰辛和奋斗
装满喜悦的花篮，踏进家门
远嫁的女儿，抱着青春和幸福
回家

红红火火的春联，贴满了中华大地

街心花园被打扮得缤纷万千
乡村路上，塞满了轿车

年老了，总爱回忆
儿时过年的盼望和兴奋
淡了淡了

呼呼的西风，穿过小巷
拐了个弯，远遁，不见踪影

那些靠兜售西方的月亮很圆很圆的
知识精英，没有了市场
欧美的聒噪，溅不起一丝波澜

中国，鱼跃龙门的好事连连
川流不息的人群，拎着大包小包
忙碌的快递小哥，奔跑在千家万户
中国人，享受着免费的防疫针

午后的阳光，温馨委婉
大叔大妈，在咖啡厅里，怀旧
听着老歌，忆起繁花似锦的时光

2022 年，上海早春

一

迎春花，眨眨眼
抖落一冬的冰雪
怎么啦，上海
白云一脸的痛苦和煎熬

桃花无声地呜咽
黄浦江水默默的哭泣

2022 年，上海的早春
无比沉重的面对
一团团，一层层黑云
飘来飘去
新冠病毒的魔鬼
肆无忌惮的侵袭
嚎叫

二

上海，屈服了吗？
没有，浦江两岸
依然桃红柳绿

静寂，没有昨日的车水马龙
没有了往日的浮嚣
心，凝神静气
我看到——

一座城的精神风貌

城市的守护者
透露出坚毅的目光

医护工作者，穿上防护服
穿梭在每一个社区
志愿者，迈着坚定的脚步
送去了人间温暖
快递小哥，不知疲惫
奔波在关爱路上
社区工作者，党员干部
不忘初心，使命在肩
每一个人，每一份责任
辛苦吗？辛苦
悲伤哀怨过吗，没有
唯知，团结，众志成城

三

你忘了吗，当年栽下的彼岸花
花开万年，相拥相爱
不分彼此，永不离弃

早春的风，来得有点晚
辛酸的泪，来不及流下

我站在自家的阳台
眺望
那年，我们一起走过
凄风苦雨的日子

今天，我又想起
无边的黑暗
一起守望相助

没什么，默默的自我隔离
足不出户，每一个人做好自己
守护一座城

你听到了吗，隔壁的大爷大妈
八十多岁的老夫妻俩
没有牢骚和埋怨
反正我听到了
志愿者，社区工作者
脚步声，轻轻走来
把有限的生活物资
默默地放在每家每户的门口

四

满载着全国人民隆情厚谊
一列列火车，一辆辆汽车
一方有难，八方支援
源源不断地来到了
上海——

莽莽雪原的东三省
七彩云南，山灵毓秀的浙江
仁义之乡，山东
中华文明之源，河南
江南水乡，江苏……

上海的早春
天空突然下起了小雨
淅淅沥沥
小区的樱花，已经洒满了庭院
我失约了，心，如水
静静地诉说

不可怕，那怕病毒肆虐
空气中还留有
毒君歇斯底里的嚎啕
我坚信，上海必胜
中华民族必胜

五

你庆幸过吗?自豪过吗?
我庆幸，我自豪
生为中国人，生为当今的中国人

血脉相联，手足同胞
血浓于水的支援，母亲般的慈爱
汶川大地震，武汉疫情……
太多，太多的磨难
没有谁，更没有资格
凭说
我们曾经的苦难

源源流长的中华文化
奔腾着汹涌着滋润
这片土地，亿万人民

我看到了……
五千年的文明
正在绽放着璀璨夺目的光华

六

我相信，五月的花
会更灿烂

春之物语

一西红柿

来时，春雨潇潇
将一腔痴情付与
问君知否

艳如桃李，灿如虹霓
此时此刻，把梦里的相思
化着流星雨，
去赴一场前世的约会

华发年少，青春的驿动
春红在田野间荡漾
莫待秋声老
叹无花一潭池水空怅惘

人生几重时，长恨东逝水
豆蔻年华，绮丽欢歌笑语
盈盈暗香去，把酒谢东风
剖明心迹，在滚滚的油锅里
相爱——
浪迹天涯，重获新生

二枇杷

太多太多，在一棵树上
凝结晶莹，凝结衷情
无悔这一生，关于你的风景
追随你的脚步，至天涯，至海角

红了樱桃，绿了芭蕉
金灿灿的笑靥如花
把最好的年华，最美的姿容
献给你——
莫负卿，一缕相思梦

十里长安街，铺就了春之花事
花团锦簇，锦袍玉绣
乱花迷人眼

青青子衿，悠悠我心
吾独爱黄澄澄
春光下娇小玲珑
躲在一旁，无语地怅然
青涩年华，怯怯地张望

三 桑葚

蕴涵着天池的钟毓灵秀
高原雪域的圣洁
在斑斓的春天
爱恋的季节
别有风情的黑紫色果实
款款而来，惊艳了我的双眼

大凉山，神秘充满诱惑力的地方
峻拔陡峭的山峰，幽密险奇的山谷
令人向往，令人遐思万千
在杏花吹满头的春天
爱恋的季节
妖冶般的黑紫色果实
飘然而下，嫣红了我的双眼

如你——
来自大山，海边，高原
不染风尘，清澈的双眸
如一颗黑亮的珍珠
深潭似的洋溢着青春

一颗颗晶莹剔透
黑色闪着光亮的果实，
用无瑕，纯纯的心灵
为这个缤纷灿烂的季节
添一道风景

四草莓

春天舞会中的水果皇后
国色天香，倾国倾城
像一颗颗晶莹的珍珠
撒入人间
恰如云霄九天瑶池里的仙女
跌落凡间
演绎着荡气回肠的爱情

南美，北美，东洋，国产的草莓
个个似璀璨夺目的红绿宝石
闪烁着耀眼光芒

品种繁多，恰如天上的星星
璀璨了荷尔蒙勃发的季节
蠢蠢欲动的少年郎
按奈不住的青春浪漫

章姬，隋珠，白雪公主，红袖添香
名字，令人遐想万千
年少轻狂的驿动
相约在多情的春风里
沉沦在雨潺潺的温柔乡里

草莓，味美汁多，甜濡，营养丰富
入口即化，回味无穷，使人爱不释手

虽然未谋面，听你的名字
不可收拾地喜欢你
当看到你，一帧玉照

倾心蚀骨地爱上你

诗情，让我飞扬着旖旎的梦幻
艳艳的红色，纯纯的雪白色
妖娆，俏丽，妩媚多姿
吻着你，娇艳欲滴的脸庞
唇齿间弥漫着盈盈的奶油香
荡人心魄，回味久久
不能忘怀——
最是那，回眸一笑的销魂

五 樱桃

艳如桃花，像珍珠璀璨夺目
肤如凝脂，雪肌如莹
红红的闪烁着光亮
娇艳欲滴

红灯，美早，早红宝石，岱红大樱桃
各领风骚，色泽鲜艳，晶莹剔透
如宝石，玛瑙，妖冶娇美
红色，紫黑色，橙黄色
五彩斑斓，灿如星辰

把樱桃插在蛋糕上
美妙的滋味，难予言语
恰如天火地雷，惊艳了万丈红尘
一场旷世纪的爱恋

我喜欢，酸酸甜甜的恋爱
青涩年华，留不住梦里的依偎

163

一缕淡淡的青紫色的春阳
拂照在脸颊上
淡淡的忧伤，轻轻的呢喃细语
总是让风，无法遣怀的思绪

春天来了，水果如花，品种繁多
爱不释手，又无从选择
我独爱樱桃
爱它花艳娇美，果如珍珠
镶嵌在皇冠上红宝石
熠熠生辉

夏

一风

夏，怡人的季节
风，柔软
轻轻的扑打在脸上
甜甜的腻歪了
如初吻，留下回忆

夜晚的风，更甚
情不自禁的拥入怀中
肆意的抚慰
深深的吸一口
把沉重的积郁都吐了

二 苏州河畔

夏日，苏州河畔
旖旎的风情
树影，灯影，人影
交织在一起

不见了往日的萧索
但闻轻声细语
返景入林中
星空下的物语
秀色可餐

三 花

栀子花开，弥漫着淡淡的幽香
一袭长裙拽地，白衣胜雪
宛如出尘的仙子
三千红尘滚滚，气定神闲
管它冬雪与夏火，烈日炎炎
吟唱着初恋的情歌

忘记了吗，弄堂里的吆喝
栀子花，白兰花
甜糯的声音，在梦里

四 花

菡萏发荷花，纤尘不染
不妖不艳如西施般清丽

红尘俗世中的一丝清音
不惧强权，不畏利诱
浮云岂能遮挡初心

我喜欢，月光下的独舞
池塘边的激情，丝丝缕缕的甜蜜

五梅雨季节

湿漉漉的空气
弥漫着斑驳的激情
白玉兰的私语
养育了江南特有的温婉

时有时无的雨丝
腻在脸上，头发上
或许，令人生厌
毒毒的太阳当空临照
你会怀念，绵绵小雨
斜风细雨的浪漫

六杨梅

出梅了，把该晒的衣物
在太阳下，晒晒
晒去忧郁和焦虑

与雨相伴的梅子
出落的越发讨人喜欢

一颗颗晶莹剔透的血红

含在嘴里的甜蜜
丝丝入骨
与酒相融，冰与火之歌
江南，不可多得的美酒红焰

七 夏日阳光

烈日当空，如神般的威仪
驾长风，乘九轮龙辇
睥睨天下，万丈光芒
任何力量都阻挡不了
圆梦的脚步

蔚蓝色的天空，白云悠悠
碧树高千尺，绿莹莹的河水
欢畅地吟诵着夏之璨璨

酷热中挥洒汗水
奏响着青春之歌
火热的，激情的梦想

八 夏日饮品

绿豆汤，赤豆棒冰，奶油雪糕
荏苒的时光，仍然抹不去甘之如饴的味道

童年，在树荫下乘凉
总想，一根奢侈的赤豆棒冰
如今，街上飘逸着五彩斑斓的长裙短裤
花样繁多的奶茶

我初衷未改，依然爱着初恋的感觉
冰镇的绿豆汤里荡漾着你的笑靥
婉婷的眸子里，写着粲粲的朝霞

九盛夏，孤独的行吟者

天地间，仿佛似蒸笼，笼盖四野
弥漫着骚动和不安
盛夏，孤独的行吟者
在沙漠，在热浪里
寻找着一泓清泉

时间，空间，凝聚着思索
地表的温度，随时随地都可以爆炸
广袤的大地，孤独的身影
激情澎湃的奔跑
挥洒着思想的光芒

十夕阳

天际，血红血红的霞虹
宛如浴火的凤凰
涅槃重生，摄人心魄的美丽
谁人敢，亵渎圣洁

膜拜圣洁后，迷幻的灯光
在苏州河畔上演
虔诚早已抛置脑后
人头攒动中
听不见梵音稀稀，绕树三匝

七月的诗

一路过人间

流火的七月，树上的蝉，肆无忌惮
槐树下，拿着蒲扇的老古董
躺在竹椅上，怡然自得，喝着浓浓的茶

红男绿女在空调房里，谈情说爱
为生计的布衣百姓，在烈日下奔波忙碌

匆匆走过，田野，街角
圣洁的荷花，与我擦肩而过
留下一缕淡淡的幽香

疯狂，在这疯狂的季节里
学会长大，学会思考，学会沉默

二 妩媚

艳丽的口红，在迷幻的灯光下，摇曳
烈焰红唇，酒在杯中晃荡

粉红色的裙裾，露出雪白的长腿
失恋的女孩，歇斯底里地堕落

不喜欢玄幻的酒吧，哪怕是妖娆的靡靡之音
在赤日炎炎的七月，去江南小镇，听糯糯的丝竹管弦
看温婉动人的江南女孩，在水乡，慢慢施行

在茶馆里，脚下，碧绿的河水，缓缓流淌
流淌着惬意时光，流淌着美好年华

三今夜微醺

暖风吹得路人醉
池塘边的荷花，绰约婷婷
艳丽而不妖，美艳而不惑

今夜微醺，花香袭人
夏日的夜晚，风情万种
空灵飘缈的舞曲，在耳畔回荡

苏州河畔，人影憧憧
空气中仍然在燃烧
消夏，出身汗，释放苦闷
品赏，栀子花的淡雅

四小巷

如今魔都的小巷，稀罕而珍贵
被开发成特色街区旅游景点
高楼林立，小区，绿化园林遍地开花
记忆里的江南小巷，温馨富有烟火味
演绎着锅盆碗筷，家长里短的话剧

去江南小镇，走在青石板路上
眼前总会浮现，你的身影
丁香般女孩，在何处
幻想着相遇在绵绵细雨中
重温那美好时光

五 信物

《诗经》里，男女信物，木瓜，裙裾
我是诗人，写一首情诗，作为信物
以天地为两翼，日月星辰为词章
用天山雪莲制作信笺，再插上一朵圣洁的荷花
乘九轮辇车，驾长风，在皎皎的月光下
来到你的窗前，吟唱

空气中燃烧着爱情的绮丽梦想
有梦，就有激情，就不会虚度年华

每每看见，夏花灿烂如霞
心，涌动着春潮

六 穿过云层的歌声

为你，谱写的歌曲
云雀，用天籁般的歌喉，演唱
歌声，穿过云层，在蓝天里回荡

碧空，白云翻滚着，跳跃着
柳树追风，去草原点燃篝火
手拉手，血脉偾张，跳起舞蹈

乘一叶扁舟，晚霞映照在湖面
听，湖水荡荡，情窦初开的表白

织叠千只万只纸鹤，放飞蓝天
只愿有一只，在你窗前停留

七 枕月而眠

月光，水银般泻在屋内
铺成圣洁的光辉

我抱着影子入睡
梦里梦外，夹竹桃花开

列车，一列列开往目的地
游客，半闭半醒的遐想
心急火燎赶路，家人瞪着双眼盼望
一轮明月，挂在中天

月亮不睡，我也不睡
憧憬着梦想，憧憬着浪漫

八 等你，在月光下

银白色的月光，在柳树梢头徘徊
等你，在月光下
多少年了，早已忘记了年华

淡淡的荷花香，在空气中弥漫
那年，匆匆一别，一衣带水
猎猎的风，吹乱了人醉花呜咽

陌陌人影，袅袅炊烟，年少的激情
山坡，夕阳缓缓西去
老屋内，琅琅诵读声，无法抹去
青葱岁月，萌动着爱的旖旎

九走着，走着，花就开了

故乡的水，故乡的山，一直在心里
走过一山又一水，比不上故乡一碗凉白开

走着，走着，花就开了
四季更替，月落月圆
一副旧皮囊，依然故我
当年的 模样，浅浅的酒窝
风中飘逸着笑靥
发黄的照片，在阳光下，在月光里
落地生根，魔盒般萦绕在梦里
徜徉庭树下，写成一首首诗章

十梦想，去远方

梦里，总有一双翅膀
飞行，去远方，有闪闪发亮的激情

有时候，真正的无奈
离不开的父母兄弟，妻儿老小
放不下的油盐酱醋，琐碎心事

梦想，藏在心底，总有一天会发芽
老了老了，发了芽的梦想
去远方，去寻找遗失的诗行

忽然间发现，没有了翅膀
在老屋里，发呆，抬头看悠悠白云

第六辑

许多梦，还没做

海鸥吻醒了春水

海鸥轻轻地吻着春水
沉睡的美人，醒了
恣意汪洋吟唱着青春
曲水流觞着爱恋的舞蹈

一缕阳光，逶迤着青山
黄浦江上，勃发着久违浪漫
玉树临风，风流倜傥
桃红杏白，柳枝依依

阴霾的日子，太久太久
记忆被存封，邈邈的云空
相望无言，归程何时

我雀跃欢呼着，喜极而泣
海鸥轻盈的飞翔，雪白的翅膀
阳光下，绚丽多彩
沉醉在晓风残月中

心不再苦闷，背起行囊
拾掇起未泯灭的梦幻
双眼盈满着多情的奇思
趁着年华正好
去追逐星星和月亮

酒

似倒非倒　似醉非醉
云将悲伤揽进怀中
泪和雪花一起纷飞
喝了这杯
阑珊处山谷迭翠
醉眼蒙眬
娇羞妩媚玉笛横吹

是烈焰，燃红了天际
浴火重生的凤凰
穿梭在天地间
喝了这杯
那一声声的吟哦
似横刀立马的将军
气吞山河，睥睨天下

似地底下的岩浆
横扫着——
郁结心中的萎靡
柔弱和不快
喝了这杯
蜜也似的话
不愿失去的年华
对着女神表白

借得云龙的翱翔
字字珠玑，妙笔生花
一句句，一行行，豪情万丈

红尘做伴，入世踩莲韵
逸飞的霞虹，飘飘洒洒

酒后遐想

喝酒，想你，回家
如同燕子在梁上缱绻细语
月光在柳枝梢头上巡视
睽违了，年少时光的放浪

初夏的晚风
如同婴儿的笑容
润泽了——
清澈的河水
池塘里的鸳鸯

总有一双眼睛
含着春情
在朦胧的夜色里
拨动心弦

好想，去捕捉那双眼睛
拽着春风的裙裾
在呢喃的月光下
遐想，醉一回
不枉一场
相遇，相知，相思

夕阳

血红的太阳，缓缓西下
脚步，庄严，神圣而沉重

血色的光，射照在湖面
湖面，血色的影子，荡起涟漪
宛如仙女，不染纤尘，遗世独立
长发飘飘，风姿绰约，冠绝天地

血色的光，射照在山峰
山峰，燃烧的火焰，染红天际
似远方的思念，召唤
在山谷中回荡

血色的光，射照在田野
田野，肃穆的目光，远眺
仿佛在等待，蕴涵着力量
寻求着突破，突破自我，融合自然
分娩丰收，分娩喜悦，分娩伟大的平凡

血色的光，射照在高楼
高楼，沉浸在宗教式的洗礼
慢慢的笼罩四野，
华灯璀璨，一场城市的狂欢
拉开了序幕
妖娆时尚的女孩
在炫酷的舞曲中，尽情释放
媚惑的眼眸，捕捉着爱情的游戏

血红的太阳，缓缓西下
暮霭款款而来，月亮深情的眸光
倾洒在江，河，湖，海，山川大地

时间在飞行

清光摇影，帘幔幽幽
夏日阳光，威烈
融化了爱的浪漫

碧空如洗，白云翻卷着一颗年轻的心
穿越，跳跃一个个虫洞
去平行的星球，寻求自我，寻求突破

时间，就像巨大飞行器
来来回回的穿梭

或许不相信
三千世界，平行的星球
你的分身，正沉浸在思念的漩涡
漫步在绿树成荫的小道

蝉唱噪夕阳，蛙声虫鸣夜不眠
七星耀耀，星辉腾腾
是否，还记得
那条幽静的小路
夏日的遐思，妍妍的荷花

时间，在飞行
不想，变老的同时
失去往日的激情
我喜欢——
血红的夕阳，缓缓西下

夏夜孤独

夏日的夜晚，不平静的心湖
翻滚着，沸腾着思念

池塘边，蛙声一片
独爱莲的清幽

火烧般的天空，无处躲藏
夏花，缤纷多彩
独处一隅，静待花开

一屋子的星光，总不肯离去
不知你，是否有同感

你在塞北，我在江南
挺想念江南的雨
也想念塞北的雪
不见雨，也不见雪
孤独的念想

一抹霞虹，莽莽雪域
驾车，还是骑马
穿上圣洁的衣衫，穿过雪域
燃烧星火，燃烧爱恋
一起，醉卧星光下

云弄影

风微微，云轻轻，阳光灿灿
乘一叶爱的扁舟，划着桨
碧波万顷，心荡漾
一串银铃笑声，在空气中弥漫
写意浪漫时光，氤氲着绿水青山

月光满屋，云弄影，梦呢喃
贴在床头青春飞扬的照片
妖娆的召唤，留下无限遐想
秋声未老，蛙声一片，蝉鸣空寂
桑林素素，八月未央，绣球花绿了庭院
长风烈烈，骏马嘶嘶，萧萧关道

清风掠过林海，山涧溪水叮咚
慵懒倦缩在床上，任凭澎湃的激情四射
岁月翻过不同的侧脸，猝不及防闯入你的笑脸
指间划出旖旎的音乐，那一瞬间，钟摆无语
绚烂的眼泪，潮汐一浪一浪，扑面而来

挥挥衣袖带走云

思念的云，飘浮在蓝天下
我，漫无目地行走在苏州河畔

岁月张开黑色的幕布
留下一瞥
翩若惊鸿，宛如游龙
孤独的背影，归去矣

天地蕴藏着七情六欲的种子
冥冥之中迸发
照见我之渺小，照见神之圣洁
推杯换盏三百杯，归来兮

挥挥衣袖带走云
绿绿河水漾清波

云走我也走
相思的雪，飘逸在浩瀚的田野
云志在无垠的穹宇
我志在诗与远方

背负着心灵的情愫
寂寞的来，寂寞的离去
醉和不醉，与我何干

此时……

此时——
月亮，洒下纯洁的清辉
款款地走来
我——
双眼望穿那山那水
噙着春水，瞬间爆炸了激情
你——
化身一只鸟儿
披五彩霞虹
飞到窗前，深情地鸣唱

此时——
凭窗临湖，溶溶月色
像雾似雨微风吹拂
撩拨心底的柔软
我——
握着酒杯的手，颤抖着
痴迷的眼神
望着山谷，那 青翠身影
低低呢喃
你——
穿一袭红裙
仿佛要把这片天燃烧
秋水伊人，红装素裹，杜鹃声声
三千红尘，以无敌心，证爱之大道

爱上一场雨

天很高，蓝蓝的透出悠然的笑容
云很淡，白白的掠过恣意的倩影

梧桐树上，蝉鸣划过闷热的空气
苏州河畔，一个孤独的背影
彳亍地行走
祈盼
一场雨的到来

那时光，西子湖畔
同样的秋风
湖面，一点远去帆影
留下孤独的脚步
在岸边徘徊
红尘滚滚，我用孤独的思念
祈福
如仙女傲然于世

一场秋雨，使我思念至今
绵绵如针，不见了血红的斜阳
只见，一片片红红的枫叶
飘逸在眼前，如九天玄女的舞蹈
激情难自禁，唯有泪如雨下

许多梦还没做……

天边，聚集着瑞丽的祥云
环绕着盈盈的笑脸
许多梦还没做……

坐在白云上，许愿
和流浪者一起
陪你去天涯去海角
一步一莲花，一声一诵佛
心灵洒满灿烂

每当牧场迁徙的时刻
我的祝愿
在你的歌声里绽放
今夜，星光满屋
举杯邀明月
携手相依，同唱一首歌

青芜堤上柳，轻风吹乱了思念
纸扇轻摇，恍惚中红裙曳地
一缕青色的阳光，穿透云层
葳蕤了碧绿的草原
红鬃烈马，旋风般驰骋在蓝天下
同呼吸，共命运
漫漫红尘路
耳边响起，你的叮咛

没有更多的祈福
只愿在你身边

点上一支生日蜡烛
喝一杯红酒
恣意汪洋

一夜无梦

风搅动着星星
快速地旋转，像漩涡

一个人守着偌大的屋子
孤独地站在星光下
一夜无梦

多情的莱茵河
相思，难见的相思
挺尴尬的，自己都觉得可笑

时间总是凝固
一片云，悠闲自在
一双清澈的眼睛
看着，死死地看着

背后，寂寞的星宇
怎么样才能
摆脱它的幽灵
时时刻刻都在吞噬着灵魂

风搅动着星星
忘却了白天黑夜
相思，相思成梦

雨，为谁哭泣

天，墨黑的墨黑的
雨，从九天倾泻而来
为你，落下晶莹的泪珠

昨夜梦里，黑云翻墨
娥皇女英，泪洒湘妃竹
天地为之动容
是谁，手持五彩匹练，凌空当舞
惊醒了，潇湘女神

雨，一如既往的下着
老街，水雾茫茫
我，站在雨里
忘却了，前身往事

雨小了，没有停
如丝如缕，似精灵
漫天飞舞，环绕在身边
徐徐而来，清风拂杨柳
世人皆说，情劫难渡
疯了魔了，始知痴情苦

睁眼，闭眼……

闭眼，即黑夜，一点星光入梦来
睁眼，即白昼，万株桃花漫山歌

梦里相拥酒未醒，怅然若失
梦外相见杯莫停，愁肠百结

已入冬，想睹雪花芳容，难
梦碎，满地锦华，一水灯光

拐角，街心花园，绿草依然
几支梅，蓓蕾，露出新妍
低头沉思，又是一个暖冬

提笔，画一幅水墨丹韵
黄浦江，嘉陵江，上游，下游
华灯璀璨，山翠碧黛
摩天大厦，高耸入云

江南，冬季
看不到恣意潇洒的雪花
绵绵细雨，黏人
雨伞下的风情
匆匆一瞥，竟是数年

又到冬季，又见蒙蒙细雨
又想到了你，雨伞下，巧笑嫣然

这个冬天有点冷

壬寅虎年，太阳哭得尴尬
岁暮之际，这个冬天有点冷
新冠病毒，纷纷扰扰已三年

还是冬天，病毒初来时
凶猛的獠牙，肆虐着神州大地
白衣天使，与死神争分夺秒

全面清零到全面放开
感染者，痛苦折磨七八天
死亡率，以小数点计

心有余悸的城市乡村
但闻西风呼啸，冷冷清清的街道
不见呼朋唤友，推杯换盏的欢颜

三三两两的相望
行色匆匆的过客
踩踏着飘零的落叶

江南，一如既往
没有飘逸的雪花身姿
白昼间或夜晚
霓虹灯，闪烁着幽幽的光
苏州河畔的树影
婆娑着孤寂的叹息
其实，不用悲观
时光的定律

茬苒着希冀
丝丝缕缕在心头

又见雪花飘

久违了，又见雪花飘
如心仪的女孩
漠北的雪域
轻盈的身姿，轻歌曼舞
茫茫地晶莹，潇洒地飞扬

置身于雪花中
读懂了梅花
置身于冰天雪海
读懂了春天

在江南，在上海
难见雪花尊容
又见雪花飘
雀跃的心，瞬间迸发

洁白的雪花，肆意地飞扬
灰霾的委靡，无处躲藏

我欲追寻，那轻盈的激情
化身为一片片白色的精灵
在这个冬天，吟哦

星空下

星空下
神话，情话，微甜
窗外烟雨，一丝寒意，梅花朵朵

不知昨夜，星光如此璀璨
竟然忘记了，那四月的青草
带着喜悦的语言，叠叠幢幢
与风一起扑面而来
眼神和思维交织在一起
蝴蝶追寻着花的芳踪
雨丝裹挟着雪花
嗅闻春天的气息

五九六九沿河看柳
塞外的柳色，按捺不住渴望
托北归的燕子，捎来绵绵思念
在梁上，在墙角，呢喃

长亭送别，古道西风
不敌和风细雨，温煦的阳光
金子般投射在旅途中

归来兮
黄莺在料峭的风中
舒畅地鸣唱
朱砂点点，红唇烈焰
城市的猎人，在绚烂的霓虹灯下
登上高楼，畅想

这一刻，天空，为你绽放

——暨初五迎财神

这一刻，天空，为你绽放
刹那间，万千礼花，腾空升起
天际在五彩缤纷中，雀跃
繁花般嫣红，在星星的陪伴下
笑靥如花的美艳，惊醒了月光女神

子夜，浩渺的星宇，寂寂的睁开眼
突兀而起的焰火，点燃冀望和未来
迎接明日阳光，幸运，满屋星辰
悸动，漫天飞舞的激情
翱翔于不眠之夜
每个人都不平静
在漆黑的夜空，自言自语

夜空，变幻着澎湃的色彩
焰火，张开喜悦的翅膀
飞向蓝天，与彩云携手并肩

万顷波光，万般柔情
纯纯的，碧碧的太湖水
酿造酒，满眼的深情
与你通宵达旦，燃放当年的岁月

我觉得，当年的影子
在星辰里荡漾
酒醒夜萧瑟，数九寒风挡住了
睡梦中的鼾声

后记

  《朝歌夕唱》是我的第六本诗集。以四字为书名，延续了我的书名风格。朝歌夕唱取意鲁迅的《朝花夕拾》。其意为清晨歌声悠远，在夕阳缓缓落下时，歌声依然余音袅袅，不绝于耳。

  诗集六辑，第一辑"朝歌夕唱"写的是一花一草一木一树的咏唱。我生活在上海。城市的繁忙，紧张勿需赘言。在这生气勃勃和浮躁并存的社会中。我们需要心静下来，沉淀自己。是我对一朵花，一水月光的吟咏。第二辑"行走的岁月"写的是我对祖国大好山河的赞叹击节。旅游是放松心情的好方式。破万卷书，行万里路。登高望远，眺望碧波荡漾，浩瀚无垠的大海，开阔自己的眼界和胸襟，大有裨益。第三辑"感悟诗情"通过对自然现象的感悟，从而对生命和大自然的敬畏。只有认识生命的规律，才能真正的把握生命，体现生命的价值。只有认识大自然的规律，才能改造大自然，把大自然为我们所用。第四辑"苏河湾之恋"。苏州河是上海的母亲河。原名吴淞江。古名松江，松陵江，笠泽江。至上海市区与黄浦江汇合。全长123 公里。上海境内 53.1 公里。流经普陀区有十八湾道，称之为苏河十八湾。我是上海人，也是普陀人。生于斯，长于斯，苏河湾有我浓浓化不开的情结。第五辑时光碎片。时光从不会停息。生命是伴随着时光飞逝而绽妍。我们无法让时光停止运行。但我们可以在时光慢慢流逝中体会感觉生命的可贵。感觉时光的可贵。"少壮不努力，老大徒伤悲。"每个人都不能让时光在自己的手缝中溜走。珍惜生命，必须珍惜时光。第六辑"许多梦还没做"。谁人不青春，谁人的青春不怀揣梦想。梦想很丰满，现实很骨感。梦想不是一蹴而就，梦想的实现需要脚踏实地，一步一个脚印。无论我们的是青年，或是老年。梦想绝不可弃。没有梦想，生活就会失去光彩，生命也会失去意义。

非常感谢为这本诗集辛勤付出的同仁和前辈。特别感谢叶延滨老师写的序，感谢孙思老师的指点，同时感谢唐根华老师的奔波。感谢他们不辞辛劳，无偿的付出。我再次叩谢，万分感谢。

白杨 2024 年 4 月 7 日